m

———————————— 阅读之前 没有真相

午 夜 文 库 ————————————

受限福尔摩斯机

梅絮 著

新 星 出 版 社 NEW STAR PRESS

目录

1

我讨厌在睡觉的时候被打扰，尤其是午睡。可是世事无常，总有些事让我无法睡好觉。铃声大作，我被迫从突然记不得是什么的梦中醒来，陷入一片迷惘之中。

是显像器的铃声。显像与视频通话、电话不同，增强现实技术带给人强烈的真实感，使得显像与面对面交谈没有任何区别，面部表情、细微动作以及服装穿戴，都会被对方一览无余。因此，不论售卖显像器的公司怎样强调显像技术的方便性，使用者还是觉得显像会带来一种压迫感。

虽然显像技术一直很受情侣的欢迎，不过除此之外，非正式场合很少有人会使用显像来通话。通常来说，只要听到了显像器的铃声，就意味着有重要的事情等待处理。

我穿好衣服，接通了显像器。局长微胖的身影一下子从半空中显现。任谁第一次见面时都不会想到，这个面容和蔼的中年人竟会是警察局的最高领导。

"干什么？"我没好气地说道。在另一端，局长一定会看到我一脸不耐烦的表情，但是他应该早就习惯了。我与局长相识多年，对彼此的脾性都一清二楚。

"向你求助来了。"局长说，"有个案子需要你跑一趟现场。"

"不去，法定假日呢。"我说，"我一年到头帮你干活，今天难得歇一歇。你找值班的人去。"

今天是二月十四日，机诞日，全世界都在欢庆的日子。一九四六年的二月十四日，世界上第一台通用计算机 ENIAC 在美国宾夕法尼亚大学诞生，人类的历史因此改变。机诞日是一年里最重要的节日，连放七天假，这时候让我去加班，未免太过分了。

顺便一提，听说在几十年前，这个日子被当成一个叫作情人节的节日。真不知道那时候的人在想什么。

"都执行其他任务去了，人手不够，放假了本来人就少。"局长严肃道，"你去一趟吧，这次的案子还挺棘手，好像是谋杀案。"

他这句话看似对我表达出充分的信任，实则不然。我知道局长的真实想法。我是警局里为数不多的独居者，既没结婚，也不是和父母住在一起的本地人。其他警察都在跟家人一起过节，实在不好意思叫过来。

"交给系统嘛。"我说，"花了那么多钱买的，不用岂不是浪费了。"

几个月前，我们总局引进了新一代的犯罪分析系统，以此来节省警力。虽说我一直对这类东西的可靠性抱有疑问，但是从结果来看，系统的准确率还不错，超过了各个分局使用的上一代系统。

"系统无能为力。"局长摇头，"至少不能主导案件的侦查，顶多起辅助作用。必须派一个人类警察过去。"

无能为力？我想起了一件事。

"难道是适用于受限定理的案子？"

"对。"

我顿时认识到了问题的严重性。

犯罪分析系统的原理其实很简单。系统数据库中存有人类历史上所有已侦破犯罪案件的相关数据，利用相关算法，可以从这些数据中计算出案件信息和凶手特征之间的对应关系。以谋杀案为例，对于一般的案件，只需详细地输入犯罪现场的信息，包括现场留下的痕迹、尸体情况、案件相关人员的活动记录等内容，系统就可以自动推断出凶手的身体特征、性格特点、心理状况，甚至预测其下一步的行为。

当然，系统得出的结论只是作为一个参考，最后做出判断的还是人类，实际上还是需要警员去调查案件。但事实证明，系统给出的解答是很精准的，所以只要合理运用系统，就能节约资源并减少调查时间。

然而，有一类案件是系统（也包括其他智能推理机）无论如何也解决不了的，那就是适用于受限定理的案件。

受限定理，全称为"智能机器应用限制定理"，由国家人工智能研究院的阮宏教授最先提出，并且给出了数学证明，因此也被称为"阮氏受限定理"。这条定理明确了强人工智能应用的限制条件。以智能推理机的应用为例，凡是适用于受限定理的案件，都无法用智能推理机来解决。这类案件并不常见，但每一起都很麻烦。如果是谋杀案这样性质恶劣的案件，就会变得非常棘手。

"好吧，"我知道自己非去不可了，一边说话一边整理装备，"把案件的情况跟我说说。"

"我知道的也不多，具体情况需要你到现场了解。"局长说，"目前得到的信息是，远山区那边有一群科学家在制造一个机器，可是今天早上负责这个项目的首席科学家被杀了。我已经把所有信息都发到了你的执行终端，你自己看吧。"

"怎么说得像你早就知道我会去一样。"我把执行终端戴在手上,"算了,不跟你计较,准备出发。"

"等一下,有件事我觉得有必要跟你说明。"局长突然说,"你对福尔摩斯了解多少?"

"福尔摩斯?"我愣了一下,"那个小说里的侦探?小时候看过书,不过都忘得差不多了。这跟案件有关吗?"

"这跟那群科学家制造的机器有关。"局长说,"他们打算用人工智能技术复活福尔摩斯。"

2

    远山区虽然人烟稀少，却是一个高新技术开发区。远山区本是郊区，近年来，随着市区房价的不断上涨，不少企业选择搬到这里，同时又有许多新的科技工业园被建立起来。我要去的地方就是其中的一家研究所。

    不过，即使远山区这几年发展得很快，总体上还是人烟稀少，自然的原始风貌犹存。我把汽车调成自动驾驶模式，然后惬意地向外望，在繁华的都市里生活惯了，欣赏郊外的景色倒也别有一番情致。

    可惜我不是来度假的。

    由于一些私人原因，我不太喜欢与人工智能有关的案件，但总是不能如愿。没办法，这就是工作。我叹了一口气，开始查看终端上的案件信息。

    就这样过了很久，汽车还在向终点处前行，可当我抬头向外望时，四周的景色已变得越来越荒芜，人类文明的痕迹也渐渐消失。我忽然有点担心，这辆使用多年的车子，它的自动驾驶算法不会出什么毛病吧。就在我开始怀疑自己被拐带到什么奇怪地方的时候，系统显示我已经到达了目的地。

    案发地点是宝石智能科技这家公司下属的研究所。宝石科技这名字我早有耳闻，他们公司做过不少知名产品。然而，这样的大企业在我们市郊开了一家研究所，这件事我可闻所未闻。

我四处张望，映入眼帘的是一片树林，中间藏着一条细细的小路。我还注意到不远处停着一辆警车，看来当地的警察比我早到一步。我是总局派来支援的警察。普通的案件分局是完全可以处理的，在节假日还匆匆把我叫过来支援，足见这个案件的严重程度。

我停好车，向树林的入口处走去。不料，一个身穿黑衣的男子突然从阴影处出现。我完全没有注意到他站在那里，差点被吓到。

"请问是梁警官吗？"黑衣男子说话了。

"嗯，我是梁铭。"我掩饰住自己厌烦的情绪。我不喜欢突如其来的意外情况。

"您好，我是魏思远，这里的工作人员。"他说，"之前警局打电话说会派一位梁警官过来。"

我在心中暗骂局长。果然，他在跟我通信之前就帮我把假期安排好了。

同时，我脑子里闪过另外一个念头：这里的人为什么会这么快报警呢？看局长传过来的信息，尸体上并没有外伤，还不能判断死因。通常在遇到死亡事件时，第一反应往往不会想到谋杀。可他们报警非常迅速，好像确信其中有什么阴谋一样。这点让我感到很不舒服。

眼前的男人见我没了动静，催促起我来。

"梁警官，快点过去吧，我给您带路。"魏思远说。他的遣词用句虽然恭敬，但语气始终很冷淡。

我跟着他走进去。这条路曲曲折折，难怪要特意派个人来接我。

"我刚才看到了警车。"我说,"分局的人来了吗?"

"是的,已经有两位警官先到了。"魏思远回答。说完这句话之后,他就闭上了嘴,似乎一点也不想多说。

我们静静地穿过树林,气氛有些尴尬。我试着与魏思远沟通。

"没想到宝石科技的研究所居然位于一片树林中。"我说,"真是处隐蔽的地方,不过环境还挺优美的。"

"嗯。"魏思远应和道。

"你在这里做什么工作?"我继续问。

"算法工程师。我带领一个团队负责项目的核心算法。"

"年轻有为呀。"我说。看外表,他也就三十岁左右。

"哪里,梁警官也很年轻。"

之后他又不说话了。这一路上他都很冷漠,基本上我问一句他答一句,我不问他就不说话。如此看来,魏思远倒是很符合大众对算法工程师的理解。很多人都觉得他们是一群沉默寡言的怪人,这么说有失偏颇,用来描述眼前的男人却再精准不过。

我们从树林中穿出,来到了研究所。眼前的建筑形状很奇特,主体部分是一个半球形,外接了一个长方体作为入口。建筑的外表非常干净,应该是最近几年才建成的。

"这个建筑的外形很奇特。"我说。

"根据老板的意思,是按猎鹿帽的形状建的。"魏思远说,"影视剧中,这经常作为福尔摩斯的特征。"

原来,半球和长方体组成的东西是猎鹿帽。

我们从入口处进入,穿过那个长方体。一路上,我并没发现这里有什么特殊之处。我在大学期间也参观过很多研究所和实验室,貌似这个地方也是大同小异。

宝石科技,想不到有朝一日我居然会来这里办案。走进研究所后，我想起了一些往事，心情异常复杂。

"梁警官，"魏思远说道，"在您开始调查案件之前，老板想先见您一面。"

"老板？"我第二次听到这个词了，"是谁？"

魏思远露出了奇怪的神色，好像我在犯傻一样。

"刘百箴。"他说。

听到这个经常在新闻里出现的人名，我一时没有反应过来。魏思远并没有多说什么，只是默默地为我领路。我跟着他来到了一间办公室，门口的名牌上写着刘百箴。

刘百箴在这里？我当然知道这个人，他是宝石科技的创始人和掌权者，听说业内都称呼他为刘老板。奇怪，他这种级别的人，办公地点怎么会在公司旗下一个小小的研究所里呢？我更不解的是，他为什么想提前见我？我来调查一起疑似谋杀案的案件，他却想在我查案之前私下找我谈话。

在这些问题的答案揭晓之前，我先有了一个意外的收获。房间里的人显然犯了一个错误，忘记锁门了。而魏思远不知道房间内还另有访客，直接拉开了门，于是我得以瞧见房间内激烈争论的一幕。

"不行。"坐在扶手椅上的人不停摇头。

"可那些资料不能……"对话的另一方是个矮子。他眼皮耷拉着，长相有些阴沉。

他们注意到我的闯入，马上闭口不谈了。

"你先出去吧。"坐在椅子上的中年人对矮个子说。矮个子依言走出了房间，不过我注意到他的神色带着不满。

中年人微笑地看着我，对我摆出了一个请坐的手势。我知道他就是刘百箴。而魏思远已经在我身后把门关上，现在，我要独

10

自面对这位国内数一数二的富豪了。

"刚才那位是?"我好奇地问道。

"孙庆亦,这里的工作人员。"刘百箴似乎不想多说,将话题一转,"梁警官,之后就麻烦您了。这起案件弄得人心惶惶,如果案子破不了,科研工作也不好继续进行。您有什么需要尽管说,我和其他员工一定全力配合。"

他的语气十分真诚。

我仔细观察起这位著名的企业家。我此前虽听说过他的名字,但并未见过他的长相。我查过资料,他四十八岁了。眼前这位中年人虽然无法掩饰岁月的痕迹,但外表和服饰给人一种干净、得体的感觉,和他自身的气质相得益彰。我当警察的这几年里见过形形色色的人,但很少有人像刘百箴那样给我留下很深的印象。在我的认知中,企业家都是一群坚毅而又有些自傲的人,而刘百箴给我的第一印象却是谦和。他散发出的气质很容易让人觉得他是一个易于相处的人,亲和友好,关键时刻会给予你帮助,就像学校里的高年级学长一样。

但我知道那只是表象。

"刘老板言重了。"我说,"我会尽我所能。"

我也明白刘百箴叫我来不是为了说客套话。他在为接下来的叙述做铺垫。

"梁警官,你目前对这起案件了解多少?"刘百箴紧接着问道。

"我只知道遇害的是一位研究员,具体情况还不清楚。"我才刚到这里,对案情一无所知,只是看了一些局长传给我的信息。

"你知道我们研究所的研究项目吗?"

"听说是与福尔摩斯有关。"

"那么，恕我冒昧地问一句，"刘百箴担心地问道，"你知道福尔摩斯吗？"

又是这个问题。

"书在小的时候看过，"我回答道，"来的路上我也找资料看了看，一些基本的东西我还是知道的。"

"那就好。"刘百箴顿时松了一口气，"我特意跟警方的人说，让他们派一个懂福尔摩斯的人过来。"

"这跟案情有很大关系吗？"

"有。"刘百箴确信道，"梁警官，你先说说你所了解的福尔摩斯吧。"在说这句话时，他的目光里充满期待。

"福尔摩斯……嗯，福尔摩斯是英国作家柯南·道尔笔下的名侦探，"我说出了少年时代残存至今的记忆，"他和助手华生医生一起破了不少的案子。我记得有……《血字的研究》和《四签名》？"因为这是福尔摩斯最初登场的几个案子，所以我印象还比较深。

"福尔摩斯注射可卡因溶液的浓度是？"刘百箴突然问道。

"什么？什么浓度？"

"唉，"刘百箴摇头道，"入门级的问题都不知道。你不是福迷。"

我想了一下才明白福迷的意思——福尔摩斯迷。

"这很重要吗？"我好奇道。

"重要。怎么跟你说呢，研究所里的大部分员工都是福尔摩斯的爱好者。对于我们而言，没有什么比了解福尔摩斯更重要的事了，这个研究所也是因此而设立的。不清楚这一点，我担心你没办法解决案件。"

我感到好笑。我才是警察，真正的专业人士，哪里需要其他人指导我怎么破案。然而，直到整起案件结束之后，我才明白他说的是对的。如果对福尔摩斯一无所知，绝对无法破解这起案子。可我当时并没有意识到这一点。

"我七岁时第一次读到福尔摩斯的故事。"四十多岁的刘百箴，在说到这句话时眼睛里闪烁出了光芒，"父亲一直在外打工，那年难得回一次家，给我带了礼物。是一套书，一共三本，黑色的封面配着白色的书名，我第一眼看到的就是'探案'两个字。我打开书，一下子被那个光怪陆离的世界迷住了。浓雾笼罩的伦敦、料事如神的侦探、演绎法、异想天开的案件、贝克街小分队、犯罪界的拿破仑……这些对于一个还没有接触过外面世界的孩子来说，是多么有吸引力啊。我如饥似渴地阅读，昼夜不停地将所有的福尔摩斯故事都读了一遍。在读到《最后一案》时，我大哭了一场，感觉整个世界都失去了光彩，直到看完《空屋》时才喜笑颜开，没想到后来读《临终的侦探》，又被吓了一次。"刘百箴笑着说出往事，"我身处贫穷的小镇，心心念念的却是十九世纪的伦敦。那些故事简直成了我生命的一部分。我做数学题的时候想到的是演绎法，我折下树枝当作拐杖，我拿走了太爷爷的烟斗叼在嘴里，我把我的同学当作华生，大喊'好戏开场了'。啊，对不起梁警官，好像有点扯远了。"

"我能理解。"我说。

"只怕一般人无法理解这种狂热。从七岁那年到今天，《福尔摩斯探案全集》我已经读过几百遍了。"刘百箴说道，"在那之后的一段时间，我又读过很多侦探小说，却没有一本能像福尔摩斯那样融入我的生命。后来，我不再去读其他的故事，只是一遍又一遍地读着福尔摩斯。我慢慢注意到，这不仅是侦探故事，还是对维多利亚时期英国社会百态的记录。贵族礼仪、妇女地位、街头生活、乡村风俗，全都包含其中。慢慢地，我变得对当时的社会背景如数家珍。同时我也把福尔摩斯的一切都记录在本子上，比如他的经历、不同案件发生的时间顺序、和莫里亚蒂斗智的过程，等等。再后来，我开始为福尔摩斯故事中的人物建立档案，试图一劳永逸，总结出关于福尔摩斯的一切。可是，随着对原著的熟稔，我逐渐找到了很多矛盾之处，我以为是我犯了错误，于是一而再再而三地阅读原文，可读的次数越多，我的心里越困惑。我发现有一些问题无论如何也无法解决。"

"我承认我有些听不懂了。"我说。

"举个例子吧。梁警官，华生有过几个妻子？"

"华生的妻子是玛丽呀，与华生在《四签名》一案中认识的。"我疑惑道，"难道还有别人不成？"

"从时间来看，《五个橘核》一案发生在《四签名》一案之前，但那时华生已经处于结婚状态，而在《皮肤变白的军人》一案中玛丽早已去世，可华生却又结了一次婚。"刘百篾说道。

我半信半疑。再顺便一提，在本案结束以后我又认真读了几遍福尔摩斯的故事，证实了他说的话。不过我仍然觉得这只是柯南·道尔的笔误而已。

"诸如此类的问题还有很多。贝克街的位置在哪里？福尔摩斯是哪所大学毕业的？华生的中间名是什么？击败福尔摩斯的四个人是谁？福尔摩斯有没有后代？这些问题我与很多人讨论过，结果众说纷纭，没有一个统一的答案。

"这时我已经创立了宝石科技，公司的运营状态还不错。福尔摩斯的故事激励着我，让我从小镇中走出来，一路奋斗。可以说，我的一生就是孜孜不倦地力求避免在碌碌无为中虚度光阴。① 我终于成了成功的企业家，现在有了金钱和资源，终于能够解决那些困扰我许久的问题了，只需要利用一点现代科技。"

"你是说这个研究所？"我有些明白了。

"没错，我们想要制造福尔摩斯机器。"刘百箴说，"换言之，我们想利用人工智能技术，以原著中的数据为基础，让福尔摩斯这个人在现实中'复活'。"

"这真的可以做到吗？"我感到不可思议。

"可以。"刘百箴坚定地说，"现如今，强人工智能技术的应用已经非常成熟了，而我又不求回报，能够在项目中无限制地投入资金。假以时日，我们的研究一定可以取得成果。"

在说这句话的时候，他那充满自信的语气好像在陈述一个事实，让人不得不信服。也许正是这种勇于乘风破浪的精神，使他在商业上大获成功。

"那这个福尔摩斯机器又有什么用呢？"我问道。话音未落，刘百箴诡异的眼光就已经落在我身上了，仿佛我问出了世界上最愚蠢的问题。

"我们可以利用福尔摩斯机来解决有史以来所有的福学② 问题，这将直接导致福学这门学科的终结。"刘百箴慷慨激昂道，"不，不仅是福学问题，我们甚至可以破解关于福尔摩斯的一切。福尔摩斯是个怎样的人？他的童年经历如何？他在破案时内心想的是什么？他和艾琳的关系？他如何看待华生？所有的这些居然都掌握在我自己的研究所手里！梁警官，这难道不令人欣喜若狂吗？"

---

① 出自《红发会》。
② 福学，研究福尔摩斯故事及其相关领域的学问。

我点头表示认同，虽说那未必是我心里的想法。有钱人的消遣，真是令人难以理解。

　　"可就在今天早上，负责这个项目的科学家死了，还很可能是被谋杀的。"刘百篯话锋一转，用无比哀痛的语气说道，"这使我们的研究遭受了毁灭性的打击。梁警官，你一定要查清真相。"

　　"我会的。"我说，"可我还不清楚案情。我现在只知道死者叫凌舟，听你的语气，他是一个很重要的人。他在研究所里的工作是什么？"

　　"他是我们项目组最核心的成员。"刘百篯叹息道，"凌舟是阮宏教授的学生，发表过很多顶级水平的论文，是首屈一指的机器学习专家。我花了重金才把他请到这里，他是我们的希望。没想到，唉。"刘百篯又重重地叹了一口气，"他一离去，我们整个项目的进度都要停滞了。"

　　阮宏教授？死者是阮宏教授的学生？听到这个消息，我不禁愕然。阮教授是受限定理的提出者，蜚声中外。死者竟是他的高徒。

　　这件事之所以让我感到惊讶，还有另一层原因。

　　我与阮教授是旧相识。那是他淡出学术界之后的事了，因为一些缘故，我与他有着特殊的交情。与阮教授聊天的时候，他还时常提起自己的几个学生，言语中颇为自豪。想到其中的一位竟死于非命，一时间，我的心里五味杂陈。

　　我一定要破了这起案件，我在心里暗暗发誓。

　　"刘老板，"我正色道，"您还没有解释把我叫到这里的原因。这里发生了一起可怕的案件，有人死了，而你却在我勘查现场之前把我叫到这里，想必不只是为了阐述你的童年回忆和人生理想吧？"

"梁警官果然敏锐。"刘百箴从抽屉里拿出一个信封，"就在案件发生的两天前，我收到了这样一封匿名信。"

我接过信，看见了上面的内容。信是打印的，只有短短的一句话。

停止。或者我们让你停止。

落款是一串字母。

"这个落款的含义是？"

"反福尔摩斯机器化协会。"刘百箴的表情一直变化不多，但此刻却明显带着嫌恶，"一个讨人厌的组织。"

我虽然没有听过这个组织，却能大致猜到他们是做什么的。

在过去的几十年里，由于关键技术实现了突破，人工智能的发展突飞猛进，各种相关应用层出不穷。

不管人们喜不喜欢，改变在一点点地发生，涉及各个领域。智能推理机刚刚出现的时候，很多警察对其嗤之以鼻，直到犯罪分析系统这类可以投入实际运用的设备出现，大家才意识到为时已晚。无法掌握最新技术的人，都被迫离开了警局。

不少地方无法平稳地过渡。而对于一些人来说，似乎一夜之间自己的工作就被机器取代了。这种情况像极了十八世纪时的工业革命，只不过当时被抢走了饭碗的只有工人，而如今变本加厉，医生、教师、法官、金融师、作家……昔日里被认为具有较高技术含量的职业纷纷沦陷。

物极必反，人们又想起了人工智能终将取代和支配人类的论调，因此出现了大量反对人工智能的群体，既有直接制造恐怖袭击的可怕组织，也有知识分子组成的抗议团队。这些人在当年引发了不少混乱。我能理解他们的想法，在很长一段时间内，我也不喜欢人工智能。不过最近几年，类似组织大部分已销声匿迹，活跃度大不如前了。各种机器的应用已成为不可避免的现实，越来越多的人意识到他们终究无法逆时代而行。

反机器组织居然能和福尔摩斯联系起来，这种混搭有点让人忍俊不禁。

刘百箴显然不这么觉得。

"一群与时代脱节的原教旨主义者。"他骂道，"眼里只有原著，还有那套老掉牙的分析方法。都什么年代了，这年头，做些文学批评的研究，哪还有人不用机器辅助分析的？听听他们的观点，'用机器做福学研究，会毁坏福尔摩斯作为一个人类的真实感'，这是人话吗？"

刘百箴越说语速越快，连带着呼吸都变得急促。他是真的生气了。

"你觉得是反福尔摩斯机器化协会的人将恐吓付诸行动了？"我思考这个可能性。为了这种事情犯下谋杀的罪行，似乎令人难以相信。可我深知，不能用常理去揣度那些反人工智能组织的成员。

"显而易见，我想不出其他可能。"刘百箴说，"可是有个很严重的问题，这封匿名信是在我的办公室被发现的，它被塞在了门缝的下面，而这个研究所外人根本无法进入。"

"是内部人员干的？"

"我怀疑，研究所里面有协会的卧底。"刘百箴担忧道，"我不愿意去怀疑我的员工，可送这封匿名信的只能是研究所的内部成员。"

"送匿名信的人未必和这起案件有关。"我说，"而且尸体没被检验，还不能判定这起案件的性质。也许只是一场意外。"

我嘴上这么说，心里却不以为然。我终于明白为什么研究所会这么快报警了。收到这样的恐吓信，之后又有成员死亡，很难不把这两件事联系在一起。

"凌舟的事情是今天早上十点半左右发现的。今天过节，员工大都没有来，坚持来到研究所的只有作为项目主要负责人的七个人。"刘百箴忧心忡忡地说，"假如凌舟真的死于谋杀，那么凶手只能是这几个人中的一个。这也是我最担心的。"

"他们还在研究所里吗？"我问。等会儿肯定要挨个找他们询问。

"都在。魏思远你见过了，除了他，还有凌舟的助手秦欣源、福尔摩斯专家沃森博士、算法工程师风沐、李岸、孙庆亦。就这几位。"

还有你自己，我想。不过这句话当然不会说出口。

"梁警官，我有个请求。"刘百箴诚恳地说道，"我相信你很快就会破案。如果是意外的话一切还好说，但如果是谋杀，能不能先向我说明一下情况，以便我做一些善后处理措施？这里最核心的成员死了，要是员工之中真的有反福尔摩斯机器化协会的卧底，并且犯下了谋杀的罪行，我怕研究所会受到重创，甚至转眼间所有的成员都作鸟兽散。我好不容易才凑齐这么一批优秀的人才，并且投入了大量的资金。这个项目是我长久以来的梦想，我不能让它失败。"

他直视着我，目光灼灼，我无法回避。

"我会尽力。"

3

　　我们走出房间，前往现场。目的地是地下的博物馆。

　　我很好奇为什么研究所里会有一个博物馆。刘百箴说这是一个象征。就如同学校里有校史馆，企业里会设置公司发展历史的展馆一样，这个研究所里有一个福尔摩斯的博物馆。

　　研究所内部的空间还是很大的，而博物馆在地下，需要走一段时间才能到。

　　"今天上午十点半，我去博物馆查看了一下，结果看到凌舟倒在地上。"刘百箴边走边说，"那时候他已经没有呼吸了。"

　　"叫医生了吗？"

　　"我们这里位置特别偏，距离最近的医院都要好几个小时的路程。"刘百箴说，"建所时考虑到研究所人员的健康问题，就在研究所附近设了一家小诊所。我们只能先叫那里的值班医生，他赶到之后说早就救不活了。"

　　我们开始下楼梯，应该距离博物馆不远了。

　　"医生说看起来不像是疾病导致的死亡。"刘百箴继续说道，"因为之前收到恐吓信，又出现这种事，我就报警了。"

　　我看了一眼现在的时间，已经下午三点多了。我在路上花了太多时间。

　　"现场动过吗？"我问。我担心医生和其他员工进入现场后不经意间把有用的线索破坏了。

"绝对没有。这点常识我还是有的，我敢保证，没有人动过任何一样东西，医生也不例外。"刘百箴信誓旦旦道，"报警之后我就封锁了现场。在你之前有两位警察先到了，他们现在应该还在博物馆里。"

我们走到了一个很大的房间面前。大体上我们身处半球形建筑的中心位置，不过是位于地下。

门没有关，半掩着。

"这里是一个小型的福尔摩斯博物馆。"刘百箴自豪地说，"里面收录了福尔摩斯探案故事中出现过的物品。"

他打开门。博物馆里的东西琳琅满目，可惜我都不认得。

"看到这个放大镜没有？"刘百箴指着一样东西得意地说道，"这是福尔摩斯用过的，本来收藏在贝克街的福尔摩斯博物馆里面，我花大价钱买通了管理员，把它偷偷运到了这里。现在贝克街展出的反而是赝品。"

其实，他的炫耀于我而言毫无意义。

"刘老板，你先在门口等我吧。"我说。

我戴上手套和鞋套，向房间深处走去。房间很大，我走了一段距离才看到现场。

死者凌舟倒在地上，一个男人半蹲在尸体旁边，正在把一件物品从尸体的手中取出来。是手机。死者把手机攥在了手里，莫非死亡的前一刻他正在打电话？

男人注意到我，回头向我打了个招呼，我也认出了这位同事的身份。

"王警官，很久不见了。"我说。王警官是分局的警察，之前在一起案件中我与他合作过。

"没办法，今天过节，只有我在值班。"他一脸郁闷，"看来这几天都没法休息了。"

"怎么样了？"我问。

"现场勘验过了。"他说，"指纹和其他痕迹已经采集了一部分，暂时没有什么特殊的发现。问题是死者的死亡原因。"

"死因怎么了？"

"有点古怪，"他说，"死亡时间大概在十点到十点半之间，死因是中毒。而且不是服毒，像是吸入毒气。"

我对王警官的判断一直很信服。上次见面的时候他跟我说过，他的法医学成绩很好。

我仔细地观察了一番地上的尸体。虽然是死于中毒，但死者的面部表情没有太过狰狞。他三十岁左右，穿着一身很平常的衣服，却掩盖不住学者的气质，即使是死亡也没能让这种气质与他分离。

死者的样貌让我对他大感好奇。他是一个怎样的人，过着何种人生？在死亡的那一瞬间，他心中想的是什么？

可惜，这些问题很难找到答案了。

中毒而死，吸入毒气。

"很少见。"我说。

"是啊，很少见。"另一个声音响起，竟是悦耳的女声。

我心里吃了一惊，转头看向声音的来源。

千帆。

我未见过她，但却在脑海中第一时间想到了她的名字。此前她一直站在角落里，我一时没有注意到。我暗骂自己的迟钝。

"梁警官。"她向我走过来，"下午好。"

"你知道我？"

"当然。"她的声音带着笑意。

我也知道她。千帆是远山分局的警察。在警局的刑警绝大多数为男性的背景下，她的存在变得意义重大。即使在我们总局，千帆的名气（或者说人气）也是极高的。

她很漂亮。我时常听说会有同事在业余时间偷偷跑到远山分局，只为了一睹千帆的容貌。我虽没做过这样的无聊事，但也在心里盼望着能与她见一面。

我承认传言是真的。

千帆有一种似乎不属于警察的美。她身材娇小，甚至给人一种可爱的感觉，与其说像一名警察，不如说更像一位明星，只需要在电视节目中亮相，就会受到热烈的欢迎。

然而万万不可因此而轻视她。

千帆曾经徒手制伏过残暴的持械罪犯。有一次千帆和远山分局的几位警察一起追捕嫌疑人，那人被逼急了，拿出一把短刀挥舞起来。当其他警察还在迟疑之时，千帆直接冲了过去，飞身将那人撞倒在地，一把夺下他的短刀。这项事迹传遍全市警局，同时被添油加醋，有演化成传说的趋势。

看着眼前的千帆，又想到警局里的传说，我忍不住偷偷笑了一下。实在很难想象她的身体里居然潜伏着那么巨大的力量。

"梁警官是我的前辈了。"千帆说，"还有好多地方要向你多加学习呢。"

"哪里哪里。"我笑着说。

"哟，"王警官在一旁坏笑道，"虽然这次案件由梁警官来担任负责人，但有千帆帮忙，压力会减轻不少吧。"王警官轻轻拍了千帆一下，"她很聪明哦。"

我想起了另一个传言。

其他警察提起千帆的时候，话语间往往离不开一种神秘感。这不仅仅是围绕她的传说太多了的缘故。我听说，千帆的脑海里时常会有非常古怪的想法，她拥有一种和常人不同的思维方式。对于一名警察来说这是难能可贵的。突破常理的思路，往往会正中案情的关键之处。

想到这里，我想解决这起案件的决心更加强烈了。和优秀的警察一起执行任务，我可不能落后。

"能判断出是什么有毒气体吗？"我继续问王警官。

"具体的情况需要解剖后才知道，但我怀疑……是魔气。"他说。

魔气是近几年被研制出来的一种新型毒品，在常温下是气态，吸入少量后会让人产生强烈的幻觉。这种毒品非常危险，倘若在短时间内吸入大量魔气，会引起急性呼吸衰竭以致死亡。也正因为魔气的毒性巨大，所以吸食后造成的刺激性远比其他毒品要强。很多瘾君子不顾性命也要吸食魔气。

"之前办过一个案子，死者吸食魔气过量直接死了，那具尸体和这一具的情况很像。"王警官严肃地说道。过量吸毒而死的尸体，一定给他留下了很深的印象。

在博物馆吸食毒品？这起案件的元素堆叠得越来越多。不过如果是吸食毒品导致的意外死亡，案情就变得简单了。

"不像是死者主动的行为。"千帆像知道了我的想法一样说道，"这里没有设备。"

的确，这看上去并没有用来吸食气体的装置。可博物馆里有这么多奇奇怪怪的东西，一切还不好说。

"看那里。"千帆指向了离尸体不远的一个地方。我顺着她指的方向看去，那儿有一个破碎的瓶子，以及滚落在地上的一具金属雕像。

"痕迹显示，死者是从那边过来的。"千帆说，"死者中毒之后，一路挣扎到了这里，终于支撑不住倒地身亡。"

我观察了一下现场，证实了她说的话。从雕像附近到尸体的位置，这一路都很杂乱，应该是死者挣扎时碰掉了物品。魔气这种毒气人只要吸入就会立刻产生反应，那么死者最初吸入气体的地方很有可能就是雕像所在的位置。

我走过去，仔细地查看附近的物品，看看能不能发现些端倪。

破碎的瓶子摆在一个与人等高的柜子上。更高处有个空着的平台，显然原先放着东西。看起来，滚落在地的雕像本来摆在平台上，不知道什么缘故掉落下来，将瓶子砸碎了。

我心里忽然产生了一个可怕的念头。瓶子里原来装的是什么？

"把刘百篯叫进来。"我向王警官说，"让他换上鞋套和手套，注意不要让他接触现场的物品。"

刘百篯进来之后只看了一眼，立刻说道："这是魔鬼之足和拿破仑雕像。"

他向我解释道，这两样东西分别出自《魔鬼之足》和《六座拿破仑半身像》。魔鬼之足是一种致命的毒气，而拿破仑雕像则是石膏做的半身像。福尔摩斯博物馆收录了原著故事中的大多数物品，这两样有纪念意义的东西自然也包括在内。

经刘百篯一说，我才注意到在博物馆的其他位置也放有相同的雕像，总数一共是六个，而凶器就是其中的一个雕像。

"但这具雕像是用金属做的。"原著的拿破仑像是石膏像。我拿起雕像感受了一下，虽然外表看不出来，但从重量上看，应该是金属的。

"这是一个小小的遗憾，"刘百篯说，"凌舟极力劝说我，金属雕像更不容易损坏，我最终被说服了。虽说这是金属雕像，但颜色和外形都是仿石膏的。"

听起来有些可疑，我把这件事暗暗记在心里。

"那魔鬼之足呢？你们不会真用了毒气吧。"千帆问道。

我也想问这个问题。看样子像是金属雕像掉下来，砸破了装毒气的瓶子，导致死者吸入毒气而亡。房间内有换气装置，把毒气换掉了，所以之后的人进来平安无事。

"当然不是。"刘百箴赶紧摇头，"魔鬼之足是一种虚构的气体，现实中并不存在。因此那个瓶子中装的只是染色的空气，做做样子而已。魔鬼之足太有名了，如果博物馆不收入，未免有些名不副实。"

不仅是物品，小说中提到的气体也必须要收在博物馆中，这群福尔摩斯迷让我有些哭笑不得。也许这所博物馆里还收集了十九世纪伦敦的雾气呢。

死者究竟是怎样吸入毒气的？死者正好在装气体的瓶子附近中毒，而拿破仑雕像放在一个平台上，正好位于瓶子的上方，由于是金属雕像，只要掉落就会砸破瓶子。这些会是偶然吗？

此时，千帆突然戳了我一下。我感到莫名其妙，只见她指了指放雕像的平台。

"你还没注意到呀？"她的语气里带着几分得意，"那下面有一个电动装置。"

我急忙踮脚向上看。原来这个平台的表面被分为两个部分，中间有一条细微的缝，不仔细看很难看到。千帆的个子比我矮多了，却能留意到这种事情。我暗自佩服起她来。

我有了一个猜想，平台的一边可以升起，使雕像重心不稳，掉下来砸落瓶子。后来经过详细的检查，发现平台的下方确实有一个电动装置，可以升降其中一边。

也许在博物馆设计之时这一切就被计划好了，雕像的下方是装气体的瓶子，设计者计算过，金属雕像掉落之后正好可以砸破瓶子。

我心念一动，问刘百箴道："这个博物馆是谁设计的？"

"是凌舟和他的助手秦欣源设计的，我和团队的另外一位成员沃森在福尔摩斯的相关知识上提供了意见。"刘百箴说道，"秦欣源小姐学过工业设计的相关知识，于是我们没有外包给其他人，自己做了。"

我确信这个机关是博物馆的设计者故意而为之，但不曾想到博物馆竟是死者自己设计的。那他设计雕像和瓶子的机关是何用意？

千帆又戳了我一下。我不禁想，如果我经常和她一起办案，身上一定会多出许多洞。

"那雕像上有指纹。"她说。

她的语气很平淡，不带一点猜测的意味，就像陈述一件自己亲眼看到的事情一般。

王警官递给我一个工具箱，我从中拿出微型指纹探照灯来照射雕像，果然看到了指纹。可惜指纹不算清楚，需要在实验室里面进一步处理才能看清。

我非常惊讶，不知千帆是怎么做到的。王警官注意到我的神态，忍不住笑起来。他对这种事好像已经习以为常了。

"对了，"看到我怪罪的眼色，他赶紧谈论起案件来，"我们在放瓶子的柜子上面找到了一张纸。"

他拿出证物袋，里面放着一张草稿纸，上面写了一些公式，我看不懂。

"这不会也是博物馆的藏品吧？"我问刘百箴。

"不是。"他摇头，"我从来没见过这张纸。"

又多了一条线索。这个案子还真是疑点重重。

"对了，为什么死者的手里拿着手机？"我说，"他在打电话吗？"

"这件事我也没搞懂。"王警官摊了摊手，"刚才我试了一下，手机根本打不开，好像是坏了。真奇怪。"

握在手里的手机坏掉了，这会是另一个巧合吗？我觉得不像，然而一时半会儿也想不到什么好的解释。

在那之后，我们又认真地勘察了一遍现场，却没有取得什么成果。

"先把尸体带回去解剖吧。"王警官无奈道，"人手不够，只能我亲自把尸体运回去了。顺便把雕像拿回去检验指纹。只有你们两个在这里没问题吧？"

"足够了。"我说。

现在，我开始期待与千帆搭档破案了。

4

搬运尸体时，发生了一个意外的小插曲。

光凭王警官一个人是无法用担架把尸体搬走的。正当我和刘百箴想去帮他的时候，竟被千帆抢先了。她很轻松地抬起了担架的另一边，和王警官一起把尸体运到了警车上。这一幕给了我非常大的冲击。

受到冲击的还有另外一个人。

他们快走到研究所门口时，一个女员工刚好从房间里走出来，撞见了这一幕。她的嘴巴顿时张成了一个圆。我原以为她是被吓到了。

"好可爱。"她喃喃道。

"什么？"我觉得自己听错了。

"那个警察，"她指着千帆，"好可爱呀。"

我对这位女士的观点不敢苟同。千帆也许很可爱，但可爱的绝不是抬着担架运送尸体的千帆。

我打量了一下这位员工。她一头黑色短发，中等身高，穿着职业女性上班时常见的衣服。她看起来很普通，却给我留下很深的印象，因为此刻，她的一双眼睛正透过大大的圆框眼镜张望着，一点也没有表现出常人见到警察时的紧张。不知怎的，她给人的感觉很像喜剧电影中冒冒失失的女主角。

"我叫风沐，是这里的员工。"她主动自我介绍道，"你也是警察吗？"

"对。我是梁铭，负责这起案件。"

"那么我们还会再见面了。之后你会问我很多问题，对吧？"风沐认真地说，"到时候一定要拉着她一起来啊，我还想见到她。"

"好吧。"我哭笑不得地说。

"下次见啦。"

她高兴地离开了。

千帆很快就回来了。她并不知道刚才发生了什么。

"从现在起我们两个就是搭档了。"她的语气里充满期待，"你觉得应该从哪里开始查起呢？"

我想了一下，说出一个名字。

"魏思远。"

我告诉了千帆自己与刘百箴的谈话内容。凌舟去世之后，魏思远是最了解这个研究所里科研项目的专业人士了。刚才我只是听了刘百箴的一面之词，现在，我想多听一听专家的意见。

我们走进魏思远的办公室时，他正端坐着在纸上画来画去，也许是在计算着什么。如今用纸和笔来写字的人非常少了，而魏思远这位前沿科学的研究者却难得地保持着如此复古的习惯。他的房间也展现出一种古典风格，没有花里胡哨的智能设备，只有书本和一台计算机。

"梁警官，"魏思远语气十分平淡，不带任何情绪，"有什么问题就赶快问吧。今天这件事带来很多麻烦，我有很多工作要处理。"

凌舟的去世似乎没有对他造成任何影响。我意识到，也许他们两人之间的关系并不好。

同样，魏思远也没有因为千帆的存在而产生感情上的变化。他只是简单地向千帆打了个招呼，脸色始终未变。我本以为与千帆一起出现在他的面前，会让他放松一些，不料这个研究人员维持着一如既往的冷漠。

"我想知道，构建福尔摩斯机器在理论上是否可能？"我说，"我觉得刘老板过于乐观了，我的直觉告诉我，这项工作没有那么容易。"

魏思远思考了一下，好像在犹豫要不要告诉我实话。

"我不会把你的话告诉刘百箴，"我说，"我只是想知道真实情况，这对破案有帮助。你也希望早点侦破案件，回归正常工作对吧？"

"理论上是可能的。"魏思远说，"简单地说，只需要将福尔摩斯的正典①故事进行一番整理，作为训练集对一个机器进行训练，就可以得到福尔摩斯机器。当然，这涉及很多复杂的算法，但确实可行。"

"你没说到关键。"

"你是指？"魏思远眯起了眼睛。

"受限定理。"我说。

"梁警官是个聪明人。"魏思远叹了一口气，"没错，有受限定理。"

在人工智能技术取得重大突破之后，智能推理机大行其道，各个行业都试图引入强人工智能来辅助人类做出决策。可这种局

---

① 正典（Canon），指《福尔摩斯探案集》原著的六十个故事，不包括其他衍生作品。

面却被一个人打破了。

国家人工智能研究院的阮宏教授，在一次国际会议中以"智能推理机的能与不能"为题进行演讲，首次提出了受限定理，之后又连续发表多篇论文在数学层面上证明这一定理成立。阮教授从此一鸣惊人，在随后的几年，业内又将这条定理总结完善，命名为"阮氏受限定理"。

阮教授证明了，有一类问题是所谓智能推理机器不可能解决的，那就是涉及智能机器本身的问题，此类问题会使系统陷入递归之中。

举例来说，假设我们警局的犯罪分析系统想解决一起案件，而这起案件涉及一个和系统类似的智能推理机，那么系统在分析这起案件的时候，势必要分析这个推理机所做出的决策对案件带来的影响，由于所有的推理机（包括我们警局的系统）所用的算法原理大多类似，分析其他的机器就如同分析自身，而用推理机去分析自身的情况会让机器陷入无限循环之中，是机器推理领域的大忌。阮宏教授从数学层面证明了这一点，将其总结为阮氏受限定理。现如今，受限定理已经成为一条指引性的定理，是强人工智能技术的基石。

这也是警局不能把这起案件完全交给犯罪分析系统的原因。局长知道，在面对福尔摩斯机器的时候，由于受限定理的存在，系统给出的分析会产生偏差。如果不涉及福尔摩斯机器，那么系统没有一点问题，可一旦系统要分析的情况与福尔摩斯机器这个智能机器有关，系统做出的推理就会不准确。

要想解决这次的案件，无论如何也绕不开福尔摩斯机器。因此，案件调查必须由人类来主导。

"梁警官，你有多了解受限定理？"魏思远问我。

我想了一下，说出了一个最通俗的说法。

"一句话来解释，就是机器无法解决跟机器有关的问题。"

"很好，"魏思远难得地发出了赞许，"你说得对。既然机器无法处理和自身有关的问题，那构建福尔摩斯机器又有什么用呢？刘老板的意思，是想让机器去回答福学问题，然而这恰恰是完全不可能的，因为它们属于受限问题。"

"除非能突破受限定理。"我低声说道。

"你也知道那是多么不切实际。"魏思远摇头。

我看了一眼千帆，可她没有一点想表达观点的意思。自从进了这个房间之后，她就一直保持沉默，不知道在想些什么。

"刘百箴不知道这件事吗？"我问。很难想象刘百箴那样精明的商人会在不了解受限定理的情况下就花钱让团队开展研究。

"他知道，可他被凌舟骗了。"魏思远哼了一声，"凌舟是阮宏教授的学生，但他一直和阮宏教授有学术上的分歧。凌舟自作聪明地认为受限定理不是什么金科玉律，他觉得自己可以突破这条定理。是他说服了刘老板开展研究。"

"而你不相信这一点。"我说。

"受限定理是构建强人工智能的基础定理，无数定理都是以此为基础推导出来的，"魏思远毅然道，"如果这条定理是错误的，那么我们今天取得的所有成果就都是空中楼阁，强人工智能领域的所有研究也会因此坍塌。可惜，我们所有的机器都运作得很好，一点也没有不可靠的迹象。凌舟完全是在胡说八道。"

我能理解他的想法。只要见过阮宏教授，很难不被他的个人魅力所折服。他能用通俗易懂的语言，把受限定理和其背后的原理讲解得清晰而又透彻。我知道，很多学生只是听了他一节课，就决定此生以研究人工智能为己任。对于这样的人，有谁会质疑他提出的理论呢，尤其是在这个理论成功应用了很多年之后？

我突然很佩服凌舟的勇气。

"既然如此，你又为何留在这个地方呢？"我问，"你明知道符合刘百箴要求的福尔摩斯机器是无法构建出来的，又何苦为他工作？"

"这还不简单。"魏思远不耐烦道，"刘老板能提供给我资金，让我进行喜欢的研究。我对福尔摩斯并不关心，只是对智能推理机感兴趣罢了。要想完整地复活福尔摩斯其人，就要让他拥有和原著一样的推理能力，这就需要一个智能推理机的模块，而且这个推理机必须极其先进，才能和福尔摩斯本人一样强大。换句话说，我只是在借着福尔摩斯机器的名义，进行智能推理机的研究。我们引入了许多真实的犯罪案例，用这些数据对机器进行训练，让机器学会推理，给出案件的解答。"

"那你的成果如何呢？"

"非常成功。"魏思远的声音一直都很平静，此刻却流露出一丝骄傲，"这么说吧，我所研制的智能推理机，即使放在全世界范围内都是最先进的，连凌舟看过之后也不得不承认这一点。"

"即使是这个推理机，也无法解决受限问题吗？"

"当然不能。"魏思远说，"我说过了，受限定理是一切的基石。凌舟想结合我与他的研究，从推理机的角度破坏受限定理。我很大方地把自己的成果都分享给了他，不过他依然是在原地踏步。"

"研究所内部有人支持他的想法吗？"我问。

"梁警官，想必你已经知道了，这里的核心人员只有七个人。沃森是个不懂技术的门外汉，李岸和孙庆亦从来没有提供过什么创造性的想法，他们来这里只是为了挣钱而已。而秦欣源，说是凌舟的助手，其实不过是他的跟班，只能做一些底层的工作。说难听点，这里真正的专家只有凌舟、我、风沐三个人。"魏思远毫不客气道，"如此一来，又要让谁去反驳凌舟呢？李岸和孙庆亦自然不必提。秦欣源事事以凌舟为主，要她提出不同的见解比登天还难。风沐和我一样，只关心自己的研究，她的关注点更偏向于机器人而不是人工智能。话说回来，正因为有凌舟在，刘老板才会坚定地认为构造福尔摩斯机器是完全可以实现的。真要是把凌舟驳倒了，我们的工作怎么办？"

我这才明白，原来他们都在利用刘百箴。魏思远想借用这个机会研究推理机，而凌舟只是想突破受限定理。其他人也或多或少抱有自己的目的。其实，刘百箴又何尝不知道这些呢？对于他来说，这群科学家想研究什么东西都无所谓，只要最后能制造出福尔摩斯机完成他的心愿，其他的都好说。

这群人的关系，远比我想象的要复杂。

"魏先生，也许接下来我问的问题不太友好，但我希望你能如实回答。"我说，"凌舟和你，哪一个人对福尔摩斯机器项目更为重要？"

我自然知道答案，但我想看到魏思远在面对这个问题时的反应。

如我所料，魏思远没能第一时间做出回复。他瞪起眼睛，仿佛对我提出的问题感到气愤，就像受到了羞辱。然而，学者特有的道德准则约束了他，让他无法撒谎，因此没有立刻回话。

既然凌舟很可能是被谋杀的，那么眼前的这位科研人员是否具有动机？

有。

"我们分处不同的领域，"他这样回答，"谈不上哪个重要。"

"那在刘老板的心中呢？"我说，"我与刘百箴交谈之时，他曾经数次提到凌舟，言语中不乏溢美之词。而他在提到你时只是一语带过。也许在刘百箴看来，凌舟才是项目的真正负责人，你是相对而言不那么重要的角色，甚至可有可无。"

"胡说八道！"魏思远愤怒地拍了一下桌子，这个冷静的科学家终于流露出了情感，"那是他被凌舟骗了。我说过，凌舟想突破受限定理，那是不可能的事情。他一直在浪费刘老板的资金做一些毫无意义的研究。"

"这也只是一面之词。也许你嫉妒，在对他进行诋毁。"我故意把话说得很重，"也许他早就突破了受限定理，而你无法接受这一点。自己信奉的真理被人轻易地颠覆，让你无比痛苦。"

魏思远涨红了脸，似乎正处于爆发的边缘，即将破口大骂了。可最后他还是冷静了下来。

"梁警官，"魏思远说，"如果你怀疑是我杀了凌舟，试图激怒我然后从我这里挖掘信息，那么不得不说，这很愚蠢。从始至终，我都觉得他的研究是毫无价值的。凌舟不过是一个妄想家，他不能，也永远没有人能突破受限定理。这就是我的结论。"

我相信他的判断。我认为他是一个很厉害的科学家，从见到他的第一面起就有这种感觉。但是，由于他之前一直抱有一种怠慢的态度，对于激起了他的怒火这件事我并不感到抱歉。我决定继续追问。

"今早你是几点到达研究所的？"

"八点左右。"

"之后你都做了哪些事情？"

"我一直待在这个房间里工作，没有出去过，直到刘老板发现情况后把我们大家都叫出去。"他说，"梁警官，我劝你还是把注意力放在其他人身上，不要再在我这里浪费时间了。"

"好吧，最后一个问题。"我说，"你听过反福尔摩斯机器化协会吗？"

"啊？"魏思远露出了困惑的神色，"那是什么？"

他的表情不似作伪。

"大概又是什么福尔摩斯的研究者吧。"他厌烦地说道，"我对此一点也不感兴趣。搞福尔摩斯研究的都是一群无聊的闲人，把时间浪费在虚拟的人物上。这种东西有什么意义？能为社会创造什么价值？"

价值，我在心里默默想着。究竟什么职业才会为社会创造出价值？包括我在内的这个世界上的大多数人，都从事着平凡的工作，既没有参与划时代的工程项目，也未能制作出改变人类的历史进程的发明。即使从世界上消失，也不会对社会的发展有任何影响。我们其实都是魏思远口中无聊的闲人。

我感叹了一声，看了千帆一眼。

"千帆，别一直不说话呀。"我说，"我都问完了。你有什么想补充的？"

"你问得很好了。"千帆说，"只剩下一个问题。魏先生，我想问一下，桌子上的那几张纸是你的吗？"

我这才把目光投向魏思远桌上的几张纸。那上面写满了复杂的公式，密密麻麻，令人头痛。

无论是笔迹还是内容，都和我们在犯罪现场找到的草稿纸一模一样。

5

从外表来看，这个半球形的研究所构造并不复杂。可只要一进入其内部空间，马上就会迷失方向。

我看着地图，在里面绕来绕去，仍没有到达想去的地方。一时间，我开始担心起在这里工作的员工。他们究竟是怎样找到路的？

千帆并没有帮我。她一脸无辜地看着我，仿佛在说：这是你的事，跟我有什么关系。

"刚来的时候都这样。"李岸在旁边看着我手足无措的样子，不禁安慰道，"我刚到这里上班时，迷路了一个礼拜。"

"算了，还是你带我去吧。"我最终还是放弃了。

本想自己走一走，熟悉一下研究所的结构，然而一如往常，我并没有坚持下去。

在这个事事都依赖智能导航的时代，人们的方向感急剧下降。只要离开了智能设备就会迷路，明明出门买个东西，回来却找不到自己的家，出现这种症状的人越来越多。我也是"迷路症"病人中的一员。偶尔我会锻炼一下自己找路的能力，但往往以失败告终。

现在，我们的目的地是监控室。

"我来到这儿已经一年多了。"李岸感叹道，"梁警官，你让我想起了我刚来的那段时光。来这里工作的第二天,我去了一趟卫生间,返回时突然找不到自己的办公室了。我也不好意思因为这种事麻烦别人,我就在这里转呀转,转了足足二十分钟才回到办公室。"

李岸长着一张和气的圆脸,看上去是一个性格沉稳的人,无论遇到何种紧急事态都会波澜不惊。难以想象他也会有手忙脚乱的时候。

"那还真是麻烦。"我笑着说,然后问千帆道,"千帆,你也会迷路吗?"

"从来不会。"她摇头,"我的记忆力很好,只要是走过一次的路就再也不会忘掉。"

她停了一下,然后又接着说:

"有时我会想,记忆力过于优越是幸运还是不幸?如果无法忘记,大脑就会被没有意义的事物填满。或许遗忘的能力才是造就人类文明的关键。"

她想表达什么呢?似乎有更深层的含义。我无法捉摸身边这位异性的心思。千帆往往会说出一些很抽象的话,她的思考方式和我完全不同。

我想起了不久前与她的对话。

"你觉得魏思远这个人怎么样?"我问。

"我感到不舒服。"千帆很快回答,"那个人令我很不舒服。"

"因为他是人工智能的研究者?"

我想起了自己的毛病。曾经有一段时间,只要接触和人工智能有关的人或事,我就会感到不适。

"他相信自己所从事的职业是最有价值的。"千帆低着头,好像在沉思。良久,她又说道:"这样的人很少。他们往往有着坚

39

定的信念，认为世界的未来就握在自己的手中。"

"科学家的通病。"我说，"他们都相信自己所从事的研究是改变人类命运的关键。自古以来便是这样，无非是这些年信仰人工智能的科学家变多了而已。"

我想起了科学宗教。随着科学能够解释的事情越来越多，很多人在心里把科学当作一种宗教去敬畏。毕竟，虚无缥缈的神祇存不存在很难验证，科学带来的成果可是人人都能享受到的。

"如果信念太过坚定，信念破灭之时就会不可避免地走向极端。"千帆暗示道。

这句话让我沉思了很久。如果凌舟真的突破了受限定理，魏思远会不会为了维护自己的信仰而杀掉凌舟？

那个自信而又冷静的男人会是凶手吗？

就在刚才，魏思远干脆利落地否认了自己曾把纸张带到过博物馆。可在看到现场留下草稿纸的照片时，他一下子沉默了。

笔迹和写公式的风格，都和他极其相似。

"我不知道。"他看了很长一段时间，最后说道，"这看起来的确像我的笔记，可是我从来没有把它们拿出去过。"

魏思远不承认现场的草稿纸与他有关。莫非是有人为了陷害他而故意把纸张带进去？可这样做似乎毫无意义。

无论如何，魏思远都和这起案件难脱干系了。

"我们到了。"李岸的声音把我从回忆拉回现实。

监控室是一个小房间。监控摄像所拍摄到的画面都存储在这里。

"博物馆门口是有监控摄像的，里面的藏品很贵重。"李岸说，"其他地方就不一定能全面覆盖了，只在走廊里面有监控。"

"为什么不在博物馆内部布置监控呢？"我问道。如果博物馆内有监控的话，发生什么事就一清二楚了。这样的话，估计我这时还在家里享受假期。

"这是个秘密。"李岸看周围没有其他人，悄悄对我说道，"我听说，老板经常会自己一个人到博物馆里面把玩各种物品。他不希望被摄像头拍到，所以没在博物馆内部放监控摄像。他有恋物癖。"

"恋物癖？"

"老板对与福尔摩斯相关的物品有一种特殊的迷恋。"李岸神神秘秘地说道，"沃森博士也有这个毛病，而且更严重。有一回，我见到他在亲吻那把华生的手杖……"

不足为奇。不是经常有那种藏书家对费尽心机搞到的签名书爱不释手，恨不得昼夜不离吗？我甚至认识一位机器人收藏家，要抱着自己的收藏才能入睡。

"别聊这些没用的，"千帆打断道，"该干活了。"

面对着监控室内众多的显示屏，我不知所措地摊了一下手。

"让我找一找今天上午的录像。"李岸打开了开关。

"我来吧。"千帆抢先摆弄起来，"我很擅长这个。"监控系统的使用方法都是类似的，她应该是在警局里做过相关的训练。

看见千帆熟练的操作，李岸惊讶不小。他退到一旁，默默地看着。见状，我忽然想问几个问题。

"李先生，"我问，"你为什么来这里工作？"

"这是个有趣的问题。"李岸笑着说，"原因就是这里的待遇不错，而且我又通过了面试。"

"那我换个问法吧。"我说，"你喜欢这份工作吗？"

"哪有什么喜欢不喜欢的。"李岸反问道，"梁警官，你喜欢当警察吗？"

"当然喜欢。"

我说的是实话，我对自己的职业感到满意。

"那你很幸运。"李岸说，"不是每一个人都能从事自己热爱的事业，然而所有的人都要生活。"

他目光变得深邃，完全沉浸在了回忆之中。

"小时候，父母时常对我说，你应该学计算机，成为人工智能领域的专家，那会是最有前途的工作，拿很高的工资，过舒适的生活，而且职业受人尊敬。我虽然对他们有很多不满，但从世俗的眼光来看，我很佩服我的父母，他们准确地预料到了未来。"他慢慢讲述道，"童年时期，我的朋友都在参加各种有趣的课外活动，而我却在被迫学习编程。我不知道自己是否有学习计算机科学的天赋，只是一路磕磕绊绊地学过来了，谈不上喜欢，也说不上不喜欢。后来，我被保送到一所著名的大学，继续学习人工智能。"

说到这里，他停了一下，好像在犹豫要不要说这么多关于自己的事情。见我在耐心地倾听，他继续说了下去。

"上了大学之后，我有一段时间非常迷茫。我不知道自己在做些什么。我只是单纯地上课听讲，写作业，复习准备考试。我的成绩很好，早早就开始为研究生阶段做准备。可是，我到底在干什么呢？

"这样每天重复着的生活究竟有何意义？我深知自己无法做出开创性的研究，不能把名字永远地留在某篇著名论文上，为人类做出巨大的贡献。如果只是为了谋生，那我为什么要如此认真学习这些将来可能永远也用不到的知识？为了一份好成绩？为了找到一份好工作？

"我不甘心自己竟是为了这样平凡的理由而学习。那段时间，我很厌恶机器。我觉得是人工智能让我陷入了两难的困境，是它让父母逼迫我学习，使我的人生变得庸庸碌碌。我开始自暴自弃，不停地辱骂着人工智能，每天都在愤慨中度过。"

说着说着，李岸自己都忍不住笑了，我也露出笑意。我也有过很荒唐的一段时期，谁还没年少过呢。

"梁警官，"李岸突然说道，"你知道是什么改变了我吗？"

我摇了摇头。

"居然就是我父母的那几句话。"他的语气里带着嘲讽，"毕业之后，我意识到他们说的是对的。我轻而易举地找到了好工作，我与中学时代的同学联系，惊讶地发现我的工资是他们的数倍。而且由于受限定理的存在，我完全不用担心自己的工作有朝一日会被机器取代。机器唯一做不了的，就是和机器本身有关的任务了。

"我一点也没有察觉到自己的改变，这种改变是潜移默化、不可捉摸的。三年前，我来到了宝石科技这家大公司。一年前，我被调到这个研究所。这是我有史以来最满意的一份工作。我喜欢福尔摩斯，他是我少年时代的偶像，能参与和福尔摩斯有关的项目，我深感荣幸。"

这时，李岸的语气突然改变。

"直到不久之前我才意识到，我已经离不开这份工作了。离开了这里我该怎么谋生呢？我拥有受人尊敬的地位。别人只要听说我是宝石科技的算法工程师，立刻会高看我几分。我又怎能忍受失去别人的尊敬？再者，我早就适应了优渥的薪水，高薪给了我想要的生活。我不敢想象，如果工资减少我的人生会发生多么可怕的变化。

"我又想到，或许我的父母也曾经是拥有梦想的年轻人，认

43

为生活一定要追逐着什么形而上的东西。可是随着时光的流逝，他们渐渐地适应了这个社会。"

我一直在认真地听。一时间，李岸的说话声和千帆操作设备的敲击声相映，竟让我有些出神。

"梁警官，最近我在想一个不可避免的问题。"李岸若有所思地说，"如果我有了孩子，我会逼迫他学习人工智能吗，或者其他什么能给他带来稳定和舒适的东西？"

我再次摇了摇头。我不过是一个来办案的警察，又怎会知道这种事情的答案。

"很难回答，对吧？"李岸说，"所以有时候我很羡慕凌舟，他真心热爱这份工作。我能看出他对科研的态度，那是常人不具备的一种狂热的感情。为了节约时间，他甚至住在研究所里。"

"你觉得凌舟是一个怎样的人？"既然话题转到了凌舟上，我便直接问了他这个问题。

"他是我所见过的最有才华的科研人员，"李岸给出了极高的评价，"同时也是最为努力的工作者。"

"魏思远呢？"我问，"他跟凌舟比起来如何？"

李岸迟疑了一下。

"我不想背地里对研究所的同事说长道短。"他谨慎地说道，"魏思远也是一位优秀的科研人员。但是，凌舟是独一无二的。"

"那你觉得凌舟有机会做出福尔摩斯机器吗？"我感受到了李岸对凌舟的敬重。

"我相信没有他做不成的事。"李岸不假思索地回答。

迟了一会儿，大概是想到了今天的事，他随即又感叹起来："唉，可惜现在说这些已经迟了。"

在一旁的千帆突然停下了动作。

"我已经大概掌握了凌舟的行动路线。"她一边说一边调取监控视频，"上午八点，凌舟来到研究所，朝自己办公室的方向走去。之后我没有看到他的踪迹，应该是一直待在自己的办公室，直到九点四十左右，他进入了一楼东南方向的一个房间。"

视频显示那是一个很普通的房间，看上去和员工的办公室长得一样。

"这个房间是？"我问。

"这是机房。"李岸惊讶地说道，"存放福尔摩斯机器的房间。"

"九点五十五分，他离开了机房，"千帆继续调取视频，"在十点的时候进入博物馆。哦，对了，那个时候他的手里就开始拿着手机了。"

"然后呢？"我追问，"还有谁进去了吗？"如果在那之后有人进入了房间，那他的嫌疑就很大了。

"没有人。"千帆摇头，"一直到十点半，刘百箴进入博物馆，发现死者。"

没有人？听到这句话，我心里怔了一下。在凌舟进入博物馆之后，没有人进过博物馆，直到他死亡。这是怎么回事？难道真的是一场意外？自始至终都没有人进入现场，直接排除了谋杀的可能。

我开始思考一种极端的情况。也许是刘百箴在说谎？他在进入现场后快速地毒杀了凌舟，之后装作发现尸体。

太牵强了。我立刻排除了这种假设，且不说使用毒气这种谋杀手段多么不切实际，单从动机的角度来看，杀害凌舟对刘百箴来说没有任何好处。

我始终不觉得这是一场意外或者自杀。可如果是谋杀，凶手是怎样做到的？如何才能在接触不到死者的情况下杀死他？

只有一种可能。

"装置。"在我身旁的千帆轻声说道。

她和我同时想出了答案。没错，利用博物馆中的那个电动装置。

"不管是凌舟还是刘百箴，"我问道，"他们进博物馆时有没有携带物品？"这个问题很关键。

千帆快速地把监控画面切到了博物馆门口。我仔细观察，然而凌舟和刘百箴都是空手进入博物馆的。这说明没有外人将毒气带入。也就是说，毒气一直都存放在博物馆中。

千帆又快进播放了前几天的监控，同样，没有人带入可疑物品。那么毒气的放置要追溯到更早之前。

这下麻烦了。即使掌握了凶手的手法，无法锁定凶器的来源，也会彻底断绝掉快速破案的希望。

我们只好再反复观看录像，看看能否有其他发现。看久了加速播放的录像，我开始感到头晕目眩。

"这里，"千帆突然暂停了画面，"有个人向凌舟的办公室走过去了。"

她的视力真好。我放慢了速度重新看了一遍，确实如她所说，在刚过九点时，有一个人路过二楼的西南角。

是个女人。

因为研究所是球体，所以走廊的弧度很大，我无法确定她具体想去哪个房间。可凌舟的办公室确实是在这个方向。

"这是……"李岸沉吟道，"没错，是秦欣源。她是凌舟的助手。"

九点二十分，秦欣源原路返回。九点四十分，凌舟来到一楼的机房。

　　秦欣源很可能是最后一个见过死者的人。

6

秦欣源，女性，凌舟的助手。我在其他人那里多或少听到了一些关于她的看法，但我努力不带偏见地去看这个人。

她的办公室很干净，虽然物品繁杂，但全都摆放整齐，给人一种很舒服的感觉。比起魏思远那里的古典风格，这里才更像一个工程师的房间。

其实更令我在意的是她的外表。我原以为秦欣源会是那种充满知性美的女性学者，没想到她竟是一位年轻的女性，时尚又充满青春的气息，像个女大学生。

但此刻她被悲伤笼罩了，脸庞上充斥着苦楚，令人不忍直视。她就静静地坐在椅子上，不知道在想些什么，即使我和千帆走进来也没有反应。也许她已经静坐了很长时间。我顿时察觉到她与凌舟之间的关系并不简单。她让我想起了我的父亲。父亲刚去世的那几天，我就是这样，呆滞地坐着，什么都不想做，脑子里全是父亲的残影。

我突然觉得很不对劲。这是一种微妙的感觉。是哪里不对呢？我回想着之前的见闻，有一件事情曾触动了我，但是我一时想不起来了。

我向千帆示意了一下，想看看她是否注意到了什么，可她不解地望着我，只是单纯地对我的行为感到奇怪。看来是指望不上她了。

"秦小姐，很抱歉打扰你，"我说，"我是梁铭，这位是千帆警官，我们负责调查凌舟的案件。"

她没有说话。

"我希望你能配合我们。"我说，"你也想早点弄清凌舟遇害的真相，对吧？"

秦欣源依然无动于衷。她悲伤地看了我们一眼，表示听到了我的说话声，但除此之外便没有了任何举动。

我有些不知道如何应对这种情况。

"秦小姐，我能理解你的心情。"我轻声说道，"可是，凌舟有可能是被谋杀的。难道你不希望尽快将凶手绳之以法吗？"

"都无所谓了。"秦欣源麻木地说道，"他已经死了。"

我一时语塞，不知该说些什么。这时，秦欣源却打破了之前的沉默。

"大学时代我就与凌舟相识了。"她说，"第一次见到他是在一次学术会议上，同样是学生，我是下面的听众，他却是台上的演讲者。那场会议有几十人做了报告，然而没有一个人能遮住他的光芒。他的讲述精准又深入浅出，让我这个初学者也能一睹其中的风采。"

秦欣源的语气逐渐变得柔和起来。

"他是学校里的传说。无论多么困难的问题，当其他人还在反复阅读复杂题目的时候，他早已开始建模求解了。

"可他也有着自己的烦恼。我时常见到他一个人在校园的树林里散步，眉头紧锁，一走就是很长时间。

"有一次我实在好奇，鼓起勇气走上前去问他。没想到他居然记得我。

"'是学妹呀，'他对我说，'我们在会议上见过。'

"我很高兴他记住了我。后来我才知道，本校每一个参加会议的学生他都记在了脑子里，对他来说，那可能会是将来学术研究的伙伴。但当时我还是非常开心的。

"我问他在想什么心事。我担心是感情上的问题，那样他一定不会告诉我答案。没想到他的回答出乎我的意料。

"'是受限定理。'他说，'只要有受限定理存在，人工智能技术就无法得到实质上的发展。为了这门学科的未来，我们必须突破受限定理。'"

"'可受限定理是正确的啊。'我说。受限定理早就在数学上被证明了，严谨而又优美，何谈突破？

"'牛顿三定律也是正确的，可依然会有相对论的出现。'他坚定地说，'新的理论不需要破坏掉原有的理论，而是要建立一个更普适的体系，将旧的理论包含进去，使其成为新理论的特例情况。'

"'我有一个很好的想法，'或许是难得有了一位听众，他兴奋地描述着，'我们不需要破坏受限定理，而是要绕开它。我要构造出一个崭新的定理，受限定理只是其中的一小部分，还有更为广大的不适用受限定理的情况。'

"他的话让我看到了一个完全不同的新世界。我彻底被他所说的一切打动了，迫不及待地想要和他一起完成这个梦想。

"一些科研项目上的合作，让我了解到了更真实的他。他的确是天才，却也有着常人无法想象的困扰。他苦苦思索着人工智能的本质这样深奥又不可思议的问题，时常感到茫然。

"我最害怕的事情发生了。我完全无法理解他所提出的问题，也无法参与其中。我抱怨是他讲解得不清楚，也许对他来说，我提出的那些简单问题才更不可理喻。他很快便知道我不是一个很好的合作对象，渐渐疏远了我。

"那时我总想着吸引他的注意，可他一心只想着人工智能，还有这个社会的未来。其实现在也是一样。

"再后来，他申请到去阮宏教授那里读研究生。我也尝试了一次，果不其然被拒绝了。就这样，他距离我越来越远。他沉迷于学术研究，慢慢与我切断了联系。我偶尔会看到他的名字出现在会议和期刊的论文上。我与他终究还是走上了两条完全不同的路。也很好，毕竟我永远无法像他那样优秀。

"毕业之后，我来到宝石科技工作。我不再奢求能做出开创性的研究成果，只是单纯地做好上面布置下来的任务。我的工作很平凡，但也不失趣味。我还是很喜欢人工智能的。

"去年，老板说要组建一个项目组来做福尔摩斯机器，领头人是一位重金挖来的专家。我觉得有趣，没多想便直接进了组。直到那时我才发现那个领头人竟是他。

"他也很惊讶，没想到能在这里遇到我。也许是考虑到彼此熟悉，也许是顾及这种奇妙的缘分，我们又合作了。我成了他唯一的助手，帮助他处理项目中遇到的难题。我用尽全力去跟上他的步伐，这次，他对我感到很满意。"

她讲得很慢，像一位风烛残年的老人在回忆自己的人生。

"凌先生他……"

问到一半，我突然停住了，因为我心里的问题有了答案。

"他很好。"秦欣源还在小声地说着，不知是在跟我说话，还是在自言自语，"他有天赋，又很刻苦，自我认识他的那天起，他就在不断地向自己的目标前进。他会为科研工作停滞不前而苦恼，也会彻夜不眠地努力工作，他常因为一点点的成果而欣喜，也对项目进展缓慢而焦虑。"

我明白了。

自从接触这起案件以来，我一直在思考死者是一个怎样的人。与其说这是我内心的想法，不如说是一种办案的习惯。像这种没有直接线索的案件，只能从动机入手。要想解决案件，首先要了解死者。

凌舟。对于刘百篪来说他是一个可用的人才，魏思远认为他是一个妄想者，李岸觉得他是伟大的科学家。

而在秦欣源的心里，他更接近于一个真实的人。

我终于察觉到了是哪里不对劲。自从进入这个房间见到秦欣源之后，我一直感觉到有些难受，我本以为是眼前的这位年轻女性让我产生了同情的心理。

不是这样。

我意识到了一件事情。

我们都对凌舟的去世无动于衷。

没有一人表达出特殊的情感。身为老板的刘百篪没有，冷静的魏思远没有，孙庆亦没有，风沐没有，连说话很和气的李岸都没有。见惯了这种场面的王警官和千帆，自然也不会为死者惋惜，也包括我自己在内。对我们警察来说，这只是一项任务。

只有秦欣源。

自从我进入研究所以来，她是第一个，也是唯一一个对凌舟的去世感到悲伤的人。我第一次意识到，凌舟今天早晨才去世，她与凌舟认识多年，而与他离别不过几小时。

秦欣源没有再讲下去。她又回到了最初的状态，沉默而茫然。我明白自己必须要开口提问了。

"也许你是最后一个见到他的人。"我说道，"今天早上，你去了他的办公室，是吗？"

她僵硬地点了点头。

"你们都说了什么？"

"确认几个技术上的细节。"她咬了一下嘴唇，"有一个遗留了好几天的难题，我们还在讨论，试图找到解决方案。"

"那时候，你有没有察觉到不对劲的地方？"我问，"比如，凌舟是否有反常的举动？或者他说了什么奇怪的话？哪怕是再细微的小事，也可以跟我说。"

"没有。"秦欣源说。

一种熟悉的触感从我的腿部传来。我叹了口气。千帆明明是个警察，却总爱做出一些小孩子般的举动。她又戳我了。

我知道这是一种暗示。

半天的时间让我开始逐渐摸清楚千帆的脾性。她不喜欢直接说出自己的想法，总是在某些时候给出提示，让我自己捉摸。

这是一个糟糕的习惯。偏偏她的观察力比我敏锐得多，我虽心里不满，却无可奈何。

这一次她又想表达什么呢？我想不出刚才秦欣源的话中有何值得特别注意的地方。算了，暂且不去管她。

还有一个更重要的问题要解决。

"关于这起案件，你就没有什么想跟我们说的吗？"我问秦欣源。

她困惑地看着我。

"刘百箴告诉我，设计博物馆的人是你。"我说。

秦欣源的表情微变。她知道我要说什么了。

"你很清楚凌舟是怎么死的。"我突然说，"博物馆里面有一个电动装置。装置和博物馆的装修是契合的，你身为博物馆的设

53

计者，不可能被蒙在鼓里。"

整个博物馆的布置都是一场阴谋。拿破仑半身像摆放的平台上装有一个电动装置，能驱动半身像向外倾斜，直至受到重力的作用下落。拿破仑半身像是金属的，它的下方又恰好是装有气体的玻璃瓶，金属像足以砸破玻璃瓶。倘若将玻璃瓶中的气体换成毒气，就可以完成杀人的诡计。

只需按下开关。

凌舟进入博物馆后并没有其他人进入。然而整个杀人装置都是自动的，凶手不需要进入房间也能完成谋杀。

而杀人装置的设计者，此刻就站在我的眼前。

出乎我意料，秦欣源并没有慌乱地否定我的话。相反，她痛苦的表情比刚才更重了几分，仿佛我的话击中了她的软肋。

她在犹豫要不要向我坦白。良久之后，她还是告诉我了。

"是凌舟让我设计的这一切。"秦欣源望着半空，不知道在想些什么，"他提出了这种设计方案，没有说原因，只是让我相信他。他知道我一定会按照他说的做。我对他一直抱有无条件的信任。"

"这些都是凌舟主动要求的？电动装置、拿破仑像、气体瓶，都是他自己安排的？"

"没错。"

"那瓶子里的气体是？"

"只是普通的空气。"秦欣源回答。

这一点和刘百箴所说的相同。看来他们说的是真话，瓶子里的气体并不是致命的毒气。

"除了你们两个之外，研究所里还有没有其他人知道这个自动装置？"

“我从未告诉过任何人。”秦欣源说，“我想凌舟也不会对其他人说的。”

“设计装置的原因，凌舟一点都没有说过吗？”千帆发问道，“你与他相处的时间很长，他会不会在不经意间透露过一些消息？”

“你说得没错，”秦欣源点头道，“的确有一次。那天我们解决了一个复杂的问题，一起去吃饭庆祝。他兴致很好，又恰巧提到这件事。他说了一句话，这句话很奇怪，也许它和今天的事情有关，但我怀疑自己听错了。”

“他说了什么？”

“他说，”秦欣源迟疑了一下，“凌舟说：‘他们会是凶手。’”

7

我与千帆对望了一眼。这是一个重要的消息，甚至可以说，这是迄今为止我们掌握的最重要的线索。

他们会是凶手？

"你确定他说的是'凶手'这个词？"千帆追问。

"我……我不确定，也许是我听错了。"秦欣源小心翼翼地回答，"他这句话说得很突兀，我追问他，可之后他什么都不肯说了。"

凶手？难道凌舟预知到了自己的死亡？毕竟，博物馆里的装置就是他设计的。他们？这个词又暗示着什么？凶手不止一个？

我想起了刘百箴给我看的匿名信。

"你听说过'反福尔摩斯机器化协会'吗？"我问，"或者有没有听凌舟说过？"

"没有。"秦欣源回答，"我喜欢福尔摩斯，但不算专家。凌舟对福尔摩斯了解得更多，可我也没听他说过太多这方面的话题。"

"停止，"千帆突然说道，"或者我们让你停止。"

她在用这句话试探秦欣源。

秦欣源的反应和我意料中的相同，她一头雾水，完全不知道千帆在说些什么。这不是演技所能掩饰的，她真的不清楚匿名信的事情。

可这样一来，案情就再次进入了死胡同。

凌舟在死前曾说过"他们是凶手"，近乎是一种预言。可既然他知道了这件事情，为什么依然没能逃离死亡？"他们"如果不是反福尔摩斯机器化协会的人，那么又是谁？

突然，千帆轻轻地拍了我一下。正当我好奇为何这次她动作如此温柔的时候，她做了一个手势，示意我不要出声。

千帆指了指我的手腕。

我心领神会，打开手腕上的终端，看见千帆发来一条消息。

"有人在偷听。"

我竖起耳朵，听见了一阵急促的脚步声。我冲出门外，绕走廊走了一圈，却没看到半个人影，只能失望地走回房间。

"让他跑了。"我懊悔道。

"没关系。"千帆安慰我，"他偷听的时间不长，应该没听到什么内容。下次注意一些就好了。"

"啊。"秦欣源发出声音。

"怎么了？"我问。

"我想起一件事。"秦欣源激动地说，"本来我都忘记了，是这个偷听的人让我想起来的。凌舟跟我说过，我们研究所里可能有商业间谍。"

"商业间谍？"这个词距离正常生活太过遥远，听起来很不现实。

"没错，"秦欣源向我说明道，"是新智能科技的人，他们和宝石科技一直是竞争关系，总想着窃取我们的机密。之前在宝石科技总部工作的时候，就听说抓到过间谍。"

"那凌舟是如何发现的？"

"凌舟说他计算机里的数据有被动过的迹象。他怀疑有人入侵了他的计算机，而且是线下的入侵。也就是说，是研究所内部人员碰过他的电脑，进行了拷贝数据和植入病毒之类的操作。"

我察觉到自己的一个误区。从一开始，我就对福尔摩斯机器存在偏见，下意识地以为这是有钱人的消遣，没有现实意义的东西，却忽视了其中潜在的高新技术。这种技术暗含的价值足以让人产生贪欲，甚至犯下杀人的罪行。

也许这才是真正的杀人动机？

电动装置，"他们"，反福尔摩斯机器化协会，商业间谍……

围绕这起案件的种种谜团，就像一层又一层的迷雾。你以为被遮住的只是眼前的一小部分，奋力前行试图脱身，直到那时才发现，无论如何也无法逃离迷雾，看清案件的全貌。

离开秦欣源的办公室之后，我尝试着与千帆交流一下观点。

"你有什么想法吗？"我问千帆。

她摇了摇头。

"在没有得到完整的信息之前，我不会做出推理，更何况这次情况特殊。"

"我不信。"我说，"你肯定有了某种想法，只是不说。"

"随你怎么想喽。"千帆完全是一副无所谓的语气。

我苦笑了一下。她似乎并不把我看在眼里，难道我就这么没有威严吗？然而不知怎么地，对于她任性的行为我一点也不生气，只是感到无奈。有时，千帆就像一个小女孩，沉浸在自己绚烂的世界里，对成年人的问话不理不睬。但毫无疑问，她是一个无比聪明的小女孩。

"对了，那时你想告诉我什么？"我还是忍不住问了出来。

刚才在秦欣源的房间，千帆试图给我一个暗示，但是我猜不透她想表达的内容。

"啊，那个啊。"千帆说，"你问秦欣源和凌舟谈话内容的时候，她在撒谎。今天上午，她跟凌舟交谈的绝不只是学术问题。"

"为什么这么说？"

"不管凌舟是不是被杀害的，他今天上午的举动都很不正常。他先去了存放福尔摩斯机器的房间，逗留了片刻后又来到博物馆，这些都是不合常理的举动。而在做出这些奇怪的举动之前，他把研究所里和自己关系可以说是最亲密的秦欣源叫到办公室。他们在交流学术问题？反正我是不信。"

"你说得有道理。"我说，"他们一定谈了一些重要的内容，甚至可能与凌舟遇害有关。不过究竟是什么呢？"

"那就要你自己想喽。"

说罢，千帆一转身，不再理睬我，只给我留下一个背影。

8

　　天色渐晚，我必须要离开研究所了。就在这时，刘百箴主动挽留我。按他的意思，我和千帆可以在这里住一晚。

　　"我已经要求今晚所有的员工都不要离开研究所。"刘百箴说，"梁警官，你不妨留在这里继续调查。我们都希望你能尽快破案。"

　　我这才知道，原来研究所里的很多办公室都配有套间，可供研究人员住在里面。虽说强迫他们留在这里有些不近人情，但这确实是个难得的机会，可以让我对研究所里的员工更加了解。

　　我和千帆商量了一下，她也同意了。

　　在安排好房间之后，刘百箴又邀请我们共进晚餐。他约我们晚上七点在顶楼见面，我答应了。我关注的并不是和富豪一起享用晚餐这件事，而是富豪晚餐吃什么。我只对精美的食物有兴趣，至于共进晚餐这件事本身我并不期待，甚至有些反感。然而这却是一次近距离观察刘百箴的机会，不容错过。

　　可千帆并不想去。

　　"我先回房间了。"她说，"我要思考一些事情。"

　　与我不同，她对吃饭一点不感兴趣。注意到她对此毫不关心的态度，我直接放弃了劝说她的打算。

　　"梁警官，"千帆用古灵精怪的语气对我说道，"祝你晚餐愉快。"

她好像认为我是一个贪吃的人。

不论如何，我都只能独自赴会了。

我搭电梯来到顶楼。电梯开门的刹那，我立刻感受到了一种震撼。眼前是一条长廊，斑驳的墙壁上印着奇特的花纹，复古风和科技感相互交融。我有些恍惚，仿佛自己来到了地球之外的空间。

我不知该去往何处，只得沿着走廊向前走。来到尽头处，我看见了一扇门。

一扇纯白色的门。它静静立在那里，睥睨着我。一时间，我有了一种古怪的想法，打开这扇门会为我带来厄运，就像蓝胡子家里的禁忌房间、众神给予潘多拉的魔盒，还有父亲去世时医院的那扇门。

我努力克制住心中冲动的情感，打开了门。

门的后面是一片异常空旷的空间，正中间是一套桌椅，与周围的空荡相比毫不起眼。

刘百簸坐在椅子上，向我打了个招呼。

"千帆警官没有一起来吗？"刘百簸微笑着说，"难得有一位这么漂亮的警察。"

"她还有事情要处理。"我说。

"那太可惜了。"刘百簸一脸遗憾的表情，简直让我怀疑他其实只想请千帆来，而我是件附赠品。

我坐在刘百簸的对面。在这宽敞又冷清的房间里，我们两个就像乘坐在大海中摇曳的孤舟之上，随时可能被波涛吞噬。

其实把我们所在之处比作孤舟是不合适的，至少对刘百簸不合适。他自在地坐在那里，带着商场上会见合作伙伴时的那种微笑，气势如同山岳一般稳重。倘若真有波涛，被吞噬的只能是我自己。

想到这里，我感到一丝不适，于是不再去想其他的事情，把注意力集中在面前的桌子上。然而桌子上只有餐具，没有菜肴。

"刘老板，"我开玩笑道，"我们不会是要吃空气吧？"

"别急呀。"刘百簏眨了眨眼睛，"马上就到。"

他用手指的关节在桌子上敲了一下。正当我疑惑他在做什么的时候，一只端着托盘的机器人走了进来。托盘上摆着许多小碟子，里面装着各种精致的菜品，令人眼花缭乱。

机器人走到桌子面前，双手端住托盘，稳稳地将其放在餐座上，整套动作一气呵成。我知道能送菜的机器人并不少见，现在很多厂商的机器人都能做到这一点。难的是眼前的机器人的动作十分流畅，既迅速又不拖泥带水，这就不是一般的产品能做得到的了。

"让梁警官见笑了。也许你在警局见过更强的机器人，但是在民用机器人里面，这种程度已经算是很厉害了，"刘百簏笑着说道，"我们开发的机器人臂力还不够，否则还能端来更多的菜。"

我这才知道，原来宝石科技也在研制机器人，并且已经有了不错的成果。

但我还有更关心的事。我满怀期待地看着机器人端上来的各式菜肴，但很快便发现在这里吃饭其实是一件令人苦恼的事。我只能白白看着各式菜肴却无从下手，因为很多菜我连见都没见过，而餐具有筷子、勺子、刀叉还有几样说不出名的工具，完全不知该用哪一样。我虽不是讲究吃法的人，但也怕拿错了餐具闹笑话。毕竟我是来查案的警察，还是要维持一下自己的尊严的。

"你不喜欢人工食物吗？"刘百篴见我迟迟不动筷子，问道。

"还好。"我说。原来是人工食物，难怪好多我都没有见过。人工食物以其独特的风味而著名，往往会创造出自然界不存在的味道。这类食物品种繁多，而且日新月异，大概只有美食家才能认全。

我照猫画虎，学着刘百篴的样子，把餐刀对准了一只小碟子里的甜点。用刀将甜点切开后，甜点的内部和空气接触，迅速呈现出黄色的花纹，是一个桃子的图案。我将其叉起，品尝了一口，首先感受到非常浓郁的黄桃果肉味，之后慢慢变成芝士的味道，最后竟变成了牛奶的味道。很难相信这一小块食物会拥有如此复杂的口感。

"这也是我们宝石科技的产品。"看到我的表情，刘百篴满意地说道，"还有很多其他的口味。"

"贵公司的业务还涉及餐饮业吗？"我惊讶地问。

"个人爱好，收购了一家食品公司。"刘百篴说，"我喜欢他们的创新精神。科技的魅力就在于创造出世界上本不存在的事物。这也是宝石科技的宗旨，敢为天下先。"

我同意这句话。创新精神是这个时代所有人都在追求的特质，少了它人就很容易被机器取代。不过，创新并不是一件易事，各种想法早已被挖掘殆尽，不论你是否想到过。从这个角度看，刘百篴是一个颇有远见的商人。

说完刚才的话，刘百篴又放下了餐具。他并不急着享用佳肴。

"梁警官，"他对我说，"就这样吃饭未免有些单调。"

他好像还有东西要炫耀，于是我很配合地点了点头，想看看他还能玩出什么花样。

刘百篴又用手指在桌子上敲打了一下，手势和上次略有不同。

"梁警官，你喜欢星空吗？"刘百箴问。

我还没来得及回答，眼前突然一黑，随即无数亮光闪烁起来。

是星空！

此刻的我置身于群山之中，隔绝了城市的灯火，抬头望向浩瀚的宇宙。群星美轮美奂，璀璨如梦境。我沉浸在眼前的景象中，久久不能平静。

直到很长时间之后，我才恍然意识到自己其实还在研究所里。还是那张餐桌，刘百箴坐在我的对面，举着酒杯。

"敬创新。"他说。

原来是显像器！墙壁、地板和天花板上，全都装有显像器，整个房间都被显像占据了！难怪这个房间如此空旷，原来是为了方便显像。

我身处室内，却能观测到万里之外的星空，而距离感和空间感，都和真实的情况一模一样。宝石科技的显像技术，居然能做到这种程度！

"这……"我说不出合适的词语，直接举起了酒杯，"刘老板，我敬您一杯吧。贵公司要发大财了。"

这种水平的显像技术我真是闻所未闻，如果投入商用，恐怕会激起惊涛骇浪。难怪新智能科技会派商业间谍潜入宝石科技。单单是刚才展现的这项技术，就足以彻底改变显像器市场的布局了。

"还请梁警官不要透露出去。"刘百箴笑着说道，"我们的产品还在研发阶段。其他公司也都在做，要跟我们抢生意呢。"

"那是自然。"我说，"刘老板放心。"

"那么，就请静静欣赏吧。"刘百箴转而一笑，"好戏开场了。"

他再次敲动手指，四周的景色也随之一变。

星光渐渐变淡，直至完全消失。与此同时，林林总总的建筑依次竖起，周围还笼罩着一层薄薄的雾。在一片朦胧之中，只有几处略显昏暗的灯光，原来是煤油路灯。

这是十九世纪的伦敦。

我甚至可以听到伦敦的声音。歌剧声、马车声、交谈声，各种声音此起彼伏。眼前的一切距离现实生活太过遥远，却又无比真实，一时间我竟有了一种恍若隔世的感觉。

远处走来一个穿着黑色外套的男人，头戴高礼帽，握着一把手杖，俨然一位维多利亚时期的绅士。

歇洛克·福尔摩斯。

福尔摩斯的目光穿过我，望向更远的地方。他的眼神深邃，眉头紧锁，不知在想着何种深奥的问题。良久，福尔摩斯的表情有了变化，他的眉间一下子舒展，举手投足之间的兴奋之情溢于言表。他开始大步向前走去，对新线索发起了冲锋。

就在他前进的一刹那，随着一阵有规律的敲击声，福尔摩斯的身影消失了。

"到此为止吧。"刘百箴说，"再演下去就要露馅了，他只有这一套动作。"

"这是……"

惊讶之余，我察觉到这段显像背后似乎另有深意。

"我们不仅要做出福尔摩斯机器，还要将其实体化。"刘百箴自信道，"无论是机器人技术还是显像技术，都是在为此做准备。理想情况下，我们会实现一个根本性的突破，将孤立的机器人学、人工智能学、显像学结合起来，创造出一门新的学科。"

伦敦街头的雾气时浓时淡。不知怎么，刘百箴明明坐在我的面前，他的身影却有些虚幻不清了。

"福尔摩斯是一个很好的载体，有关他的资料无穷无尽。我们以福尔摩斯为主题来联系各个学科，将点连成线，他将会成为一种容器，承载当今智能领域最前沿的技术，并赋予其新的意义。这将是宝石科技的未来，也是世界的未来。"

"刘老板，"我困惑道，"构建福尔摩斯机器不是你的私人愿望吗，怎么又和宝石科技的发展联系起来了？"

"构建福尔摩斯，解决福学问题固然是我所愿，"刘百箴狡黠一笑，"可从长远来看，我刚才所说的一切也许正是人工智能技术发展的方向。"

"愿闻其详。"我说。由于一些私人缘故，我对宝石科技这家公司十分关心，既然有机会听到创始人大谈公司的发展理念，自然不能错过。

"人类认知的规律总是从特殊到一般，即从特殊情况中找出一般规律。比方说勾股定理的发现，人类观察到某一个直角三角形直角边的平方和等于斜边的平方，很自然地，人们会观察其他的直角三角形是否满足这个规律。成功之后将此推广到一般情况，宣布所有的直角三角形都满足此规律。

"人工智能则恰恰相反。人工智能的历史，就是从群体规律到个体特征的历史。我们将庞大的，几乎包含了所有情况的数据作为输入，喂给人工智能，然后用算法去训练，直到构建出模型。显然这个模型适用于所有的情况，可它却是单独的个体。有趣的是，我们模仿人类来构建人工智能，然而运用的方法却是截然相反的。

"由于人工智能这种从一般到特殊的性质，我相信人工智能的个体在未来会变得越来越差异化。更有个性，更特别的机器将

66

会受到欢迎。我们已经有了解决某一特定领域问题的机器，例如智能推理机、写作机器人、医用机器人等产品。在未来，这种"特定领域"会被进一步细化，直至发展成像人类一样单独的个体。

"宝石科技未来的一大研究方向，便是赋予人工智能某种专有的属性，并通过构建物理实体、虚拟显像等方式进一步扩大与其他机器的差别。福尔摩斯机器便是一种很好的思路。福尔摩斯的资料详尽，易于构建，同时又独一无二，特征鲜明。制造福尔摩斯机器，不仅能实现我的梦想，还可以借此达成宝石科技的战略布局。"

刘百箴洋洋洒洒说了很多。我虽佩服他的远见，可心里总觉得事情的发展未必会尽如人意。

"真的会这么顺利吗？"我感叹道，"未来什么样子谁又能知道呢？"

刚说完这句话，我就察觉到自己失言了。人家请我吃饭，抒发自己的理想，我又何必说这么丧气的话。何况我还是一个外行。

所幸，刘百箴并不介意，只是笑了笑。

"梁警官，你还年轻，但是这些年社会的变迁你多多少少也经历了一些。在这个风起云涌瞬息万变的时代，谁能抓住机遇，谁就能把握时代。"

诚如刘百箴所言，过去的三十年，是有史以来社会变化得最为恐怖的三十年。我出生得较晚，没能亲身经历前几次变革，只是对最后一次深有感触。

刘百箴不同。他经历的要远比我多。晚餐之时，他向我讲述了他的故事。

刘百箴开始创业时，恰巧经历了互联网和人工智能发展的最后一次低谷。无数的公司深陷其中，最终以倒闭告终。而宝石科技时运不济，刚刚成立就遇到了这次危机。

刘百箴没有放弃。他坚定地认为，眼前的危机只是表象，人工智能技术即将迎来巨大突破，其中隐含着无限商机，只要挺过这一关，就会迎来彻底属于人工智能的时代。刘百箴用尽手段，苟延残喘，拼命维持着宝石科技的生命。

他赌对了。

在低谷到来之前，人工智能理论的研究遇到了瓶颈，进而导致了新技术的匮乏。由于此前的技术发展已到顶峰，失去了进一步开发的余地，这一系列原因令行业发展陷入低谷。

之后，科学家们取得了重大突破。理论研究的进展势必会孵化出新的技术和新的产业。科学与社会发展的关系向来是这样，于瓶颈处产生新的理论，再由这一理论指导实现快速发展，直到理论失效。

延迟是明显的。低谷期之前的理论瓶颈，导致了低谷期的诞生。同样，低谷期中的突破，造就了之后的大爆发。这一延迟效应，使得没有在低谷期倒闭的企业随后纷纷崛起。他们惊喜地发现，无论何种问题都可以用人工智能来解决，无论何种行业都可以被人工智能取代。无比绚丽的前景呈现在这些企业的面前。

随后是大罢工。

人们愤怒了，纷纷抗议机器抢走了他们的工作。反人工智能的浪潮席卷而来，各行各业都出现了反对机器的团体。一时间全世界都沸腾了，联合抵制使用机器和制造机器的企业。人工智能变成了一个下流的词汇，仅仅提到它就会令人感到厌恶。

那时候我还是个小孩子，但隐隐约约对此留有印象，尤其是那时大人们的愁眉苦脸和辱骂之声。

幸运的是，宝石科技又在这场风波之中挺住了。刘百箴敏锐的直觉再一次起到重大作用，他加大了产品的研发力度，趁其他企业还在迷茫时抢占了市场。逆时代而行终究是没有意义的。人们绝望地意识到，罢工于事无补，只是在减少自己为数不多的工作机会。

人们还是找到了机器不能做的工作。慢慢地，创新精神成了区别人与机器的最重要的品性。

拿小说举例，人工智能学会写作一事曾经引起了巨大的恐慌。它们所写出的小说和人类创作的作品一模一样，在用笔名出版之后完全被读者接受了，与此同时，机器写出的剧本也迅速挤占了电影市场。然而人们很快发现，机器只能写出俗套的故事，无法创造出真正的文学。机器学习到的，是从无数的文学作品中总结出的一般规律，可对于好的作品，从来就没有"一般规律"存在。写一篇充斥着金发美女和硬汉的凶杀故事很简单，写一篇暗含着对死亡与生命的哲思的作品却很难（即使受到大众欢迎的往往是前者）。所以有才华的作家从不苦恼，而只会按照模板写作的作家则十分头痛，他们大多被机器夺走了饭碗。

之后是一段风平浪静的时期。人工智能技术得到广泛应用，推动了社会发展。但是，人们又发现机器在解决某些问题时无法得出精准的答案，会造成极大危害。反机器情绪又有所抬头，支持使用机器和反对使用机器的两派人士争论不休。

最终结束了一切纷争的，是阮宏教授和他的受限定理。受限定理横空出世之后，成了人工智能领域的基准定理，适用于受限定理的问题使用机器解决，不适用的情况再用其他方法，这一思想极大地提升了人工智能的运用效率。

此时，宝石科技已经成长为举世闻名的智能科技公司。

吃完晚餐之后，我再次偷偷打量眼前的这位中年男人。无论看几次，他都给我一种非常和善的感觉。他拥有一副友好的面容，也拥有野心，还有超乎常人的判断力和决断力，这样的人如果是敌人的话将会非常可怕。

刘百箴带领宝石科技走向了最辉煌的时期。无论是刘百箴本人还是宝石科技这家公司，都到达了声望的顶点。而这声望是无数员工的辛勤劳动，以及无数人工智能异见者和牺牲品的血与肉奠基而成的。他已经走得很远了，今后还将走得更远。

我似乎想得太多了。不管怎样，晚餐还是很令人满意的，我很久没有像今天这样完全沉浸在食物的味道中了。这顿晚餐是一次唯美的享受，如果不发生接下来的事情就更好了。

机器人再次移动进来，运走剩下的空碟子。我正饶有兴致地看着，却听到手腕上的终端响了一声。是王警官打来的电话，一定是检验结果出来了。

"怎么样了？"我迫不及待地问道。

"跟我们在现场判断的一样，"他说道，"死亡原因是魔气中毒，死亡时间在上午十点到十点半之间，没有其他的发现。"

"死者的手机呢？"我追问，"有什么发现吗？"

"不行。技术人员试过了，里面的数据已经完全损坏了，根本无法恢复。"

"这样啊。"我失望地说。

"不过还有另外一件事，你肯定想不到，"他的声音变得神秘起来，"拿破仑雕像上的指纹对比结果出来了，只有一个人的指纹。"

"是谁的？"这个人很可能与案件有关，甚至可能是凶手。

"是刘百箴的指纹。"

我顿时感到一股无名的焦虑。事态的发展出乎了我的意料。

"刘老板，"我赶紧拦住了正要离场的刘百箴，"不好意思，有个问题想问一下。你碰过现场的那座拿破仑雕像吗？"

"雕像？"刘百箴非常意外，"我碰它干什么？"

"真的没碰过吗？"我追问道，"会不会是忘了呢？毕竟你经常出入博物馆。"

"没碰过。"刘百箴很确定地回答，"那座雕像又不是什么稀有物品，只是仿制的而已。再说它放得很高，拿起来费劲，我不会动它的。"

那你的指纹怎么会在上面？看着刘百箴无辜的样子，我差点没忍住把这句话喊出来。

我还想再问几句，可一阵重重的脚步声破坏了我的想法。

秦欣源以极快的速度闯了进来，走到刘百箴的面前。慌张的脚步让她的头发都变得有些杂乱了。

"刘老板，"她急促地说道，"出事了。"

"怎么回事？"遇到这种情况，刘百箴的脸上难得地出现了惊讶之色。

"凌舟的电脑里少了很多东西，"秦欣源说，"福尔摩斯机器的开发数据消失了。"

第二部　福尔摩斯式 ————————

1

在民众的心目中，阮宏教授并不只是一位科学家或者其他什么人类形象。他更像是强人工智能时代的一个象征，甚至一个神话。

提到阮宏教授，人们往往会想到由他开启的受限智能学，以及这门学科在各领域的广泛应用。至于他晚年所做出的贡献，则不为大多数人所知，而少部分知道的人，往往对此不能理解。

这一切的分水岭是阮宏教授五十岁那一年。所有人都没有想到的是，在这一年，阮宏教授宣布自己提前"退休"，离开人工智能领域。无论是普通民众，还是业内人士，都对这个决定感到难以置信。对于一位伟大的科学家来说，这个年纪还不算大，如果阮宏教授继续奋斗在科研一线，说不定能取得更加卓越的成就。

可阮教授没有。他就像受到了天启一般，果断地告别了过去的研究机构。然而他并非完全地退出了学术界，而是把工作重心移到了另一个学科，一个看似与人工智能毫不相关的领域。

他研究的是社会学。准确地说，是一门关于人工智能的发展会给社会带来何种影响的学问。

阮宏教授尝试过对原先的同行解释自己现在这项工作的意义，但反响平平。纵使大多数人出于对阮宏教授的尊敬，表面承认此项工作的重要性，可在内心深处还是不以为意的。科学家们向来有一种傲气，认为自己所研究的内容才是最重要、最能改变人类命运的。其他同行的工作也很重要，但又不那么重要。如果这位"其他同行"从事的研究恰巧又属于文科，那种隐式的傲慢就变得更为明显了。也许每一位科学家都隐隐约约地有着一种信仰，只有科学才能让世界保持进步。

在这个人工智能完全改变了人们生活方式的时代，人工智能学家身上的傲慢最为严重。让一个人工智能学家相信社会学和人工智能学同等重要，还不如让他相信图灵和诺依曼谈过恋爱。

从另一个角度看，科学家对自己研究学科所导致的社会问题并不关心。一位人工智能领域的科学家在尝试解决一个学术上的难题时，绝不会思索自己的研究会带来什么样的社会和伦理上的影响。这也确实不是科研人员应该去考虑的，或者说，几乎所有的科研人员都不愿去考虑此事。过于瞻前顾后只会阻挠科学的迅速发展。

举例来说，随着克隆技术的不断进步，一系列的伦理问题随之浮现，人类最终对自我认知产生了困惑，然而克隆学的建立者不会因为预测到这件事就放弃发展这门学科。另一方面，正是伦理问题最终断送了克隆技术的前途。在各国政府都禁止了克隆人的研究之后，克隆人体的技术被完全废弃，同体器官移植等潜在的，为人类带来益处的技术也彻底失去了发展机会。

人工智能的滥用的确给人类社会带来了一定的危害。在人工智能的技术革命之前，人们时常被视频造假、数据盗用、隐私泄露等问题所困扰。而强人工智能时代，人类又开始关注人与机器之间的关系。机器是否会完全取代人类？人类是否有优于机器的方面？正是因为这些问题没有解决，才会带来大罢工之类的反噬效应。

可随着技术的再次进步，关注此类问题的人在不断减少。问题从来都没有消失，只是人类适应了这些问题，将自己的态度从担忧变成了漠视。但这种态度上的变化只是暂时的，问题没有解决，而是被强行压制住了，一旦导火线出现，种种问题就会一起爆发。

正如阮宏教授在一次演讲中所提到的，这其实是科技进步和社会进步之间的关系。科技进步和社会进步应该同时进行，一先一后就会带来问题。当今的问题是科学领先了社会太多，想要改变这种情况，就要增强人们对人工智能的认知，推进社会形态的进步，而不是继续以一种发狂的姿态逼迫人工智能科技的发展。

他把自己关注的这门学科称作人工智能社会学。这门学问重点关注人类对人工智能技术带来风险的恐惧和担忧，以及科学技术和社会生活的交互作用。外界听到这个词语时，总以为是在说人工智能这一机器群体的社会关系，更有甚者以为人工智能已经发展出了某种文明。其实，阮教授研究的不是人工智能的文明情况，而是与人工智能有关联的人类的心理状况。

就在阮宏教授刚刚涉身于人工智能社会学时，我开始与他见面了。

直到现在，也很少有人知道我和阮宏教授的关联，因为我不想声张。对其他人来说，认识阮教授这样的名人是非常值得炫耀的事，可对那个时候的我来说，与阮教授见面反而需要遮遮掩掩。

我是去看病的。

大学毕业之后，我顺理成章地进入了警局工作。当一名警察说不上是我的梦想，但我对此也不排斥。我还抱有一些浪漫的幻想，期待能够亲手破解一桩奇案，抓住阴险又狡猾的凶手。

但现实总是那样残酷。警察的工作非常单调，除了部分需要出勤去现场的任务，大部分时间都放在了计算机上。我花费最长时间做的事情，就是学会灵活运用各种智能工具来辅助破案。网络与智能时代的警察，注定要失去那种神探式的浪漫。试想，一位憧憬着与犯罪分子斗智斗勇的警务工作者，每天的主要任务就是分析数据，具体步骤是运用软件来编写代码，那他又怎么能满足自己的愿望？

就这样，我生病了。这份枯燥的工作带来的恶果，是让我陷入重复的劳作中，所有时间都在与机器相处，直至回想起了一些糟糕的往事，最后发病。

我患的是精神疾病。年少时的经历让我的心理状况出了些问题，后来，随着时间的推移我逐渐好转，表面看上去与常人无异。但我始终留有一丝恐惧心理，正常情况下，我能用意志将其压住，就如同一位恐高症患者在勉强爬楼梯。可现在不行了，我深藏在心底的一种情感在不经意间涌溢而出。

我害怕人工智能。

我还清楚地记得，一切的导火线是局长的一番话。

学生时代，由于一起案件，我与局长有幸相识。毕业之后，我进入警局工作，那时局长刚刚上任，意气风发，整天想着革新，不停地向警局引入新型设备。也许是认识得比较早的缘故，局长对我青睐有加。他经常把我叫过去，向我炫耀他最新引入的设备。

这天，他又故作神秘地把我叫到了库房。那里放着一台新机器。

机器看上去十分精致，高度只到我的大腿，主体是一个长方

78

体，头部是球形，身体两侧附有机械臂，底部还有用来移动的滚轮。

"梁铭，"局长笑眯眯地对我说，"这东西有趣吧。"

"这是……"其实，我已经猜到了这是什么。

"侦破式机器人的原型机。"局长得意地回答。

警用侦破式机器人适用于多种外勤任务。不久的将来，警局将会配备许多台这样的机器，用来辅助警察办案。

局长还告诉我，不久之后，研发者还会尝试将犯罪分析系统植入侦破式机器人中，让它们一边在现场侦查一边分析案情，成为真正的警用智能机器。

那它们和人类警察又有什么分别？我存在的意义又是什么？机器终将取代人类，即使在警局。

从那天开始，每个晚上我都在做噩梦。

我害怕人工智能。

这是一件很惨的事情。我是一个完完全全生长在智能时代的人，我这代人如果害怕人工智能，就和某个省份的人不能吃含辣食物一样可悲。

我知道自己很不正常。自从发现了自己对机器抱有莫名恐惧心理的那天起，我就一直试图去战胜这种心理。我努力了很多年。学生时代，我甚至还获得过一次编程方面的奖项。没人知道我是抱着怎样的心情在看那些软件运作。我还记得在那场比赛中，当我编写的代码运行起来的那一瞬间，我直接晕了过去。朋友们以为我过于激动和欣喜，其实是恐惧。我无法想象我所编写的程序运转起来会出现什么样的结果，会对这个世界造成怎样的影响。无比恐怖的幻想在我的头脑中一次又一次地展开，直至让我晕倒。

我不断地逃避内心的情感。我告诉自己，那些都只是给我们带来便利的工具，仅此而已。这种手段暂时有效，我成功地度过了学生时代，并且找到了工作，就连警局的心理医生都没发现我有任何的问题。对了，他为入职人员检查的时候运用了最新的异常心理分析系统。

然而我终究还是没能逃掉。长时间操作机器的工作让我旧病复发，那些新式计算机在我的眼中变成了深不见底的旋涡，迫不及待要将我吞噬。我快发疯了。

幸运的是，我遇到了阮宏教授。

这件事说来非常具有戏剧性。那时我参与了一起大案调查，其中涉及一位贪污腐败的官员。我有幸和其他人一起到这位官员的家里去搜查，居然发现了一大厚摞报纸。

我和其他几位同事一样，震惊了好久。在这个年代，报纸绝对是奢侈品中的奢侈品。网络时代的到来让纸媒消亡殆尽，直到聪明的商人把纸质读物的装潢改进得美轮美奂，再把定价提高数十倍，让它们以一种高贵的姿态重新降临。现在，看纸质读物是贵族才能拥有的享受，我等平民百姓，顶多买几本小书给家里充充门面，而这位官员竟然订阅了日报。他每天都要看报纸。

我借用职务之便，偷偷地翻了翻报纸，看看上层社会的人士都在关注什么新闻。

人工智能学专家阮宏教授来访本市。据悉，阮教授将在本市停留一段时间，在此期间他将为市民提供人工智能相关问题的心理咨询服务。地点……

原来阮教授还在我们市。我知道阮教授和他的团队上个月到

80

我们城市来参加了一系列的学术交流活动，不过我没想到他一直没有走。但我也没听说什么心理咨询的事情。

我请了一天假，抱着好奇的心态，前往报纸上提到的地点。我很尊敬阮教授。虽不知道阮教授会不会接待我，但内心还是期待着他能够出面，治好我的病。

阮教授的心理诊所地点非常隐蔽，是在一栋居民楼中，颇有种大隐隐于市的感觉。

出乎我意料，一按门铃就有人来为我开门，而开门的这位风度翩翩的中年人，就是电视显像节目中常见到的阮宏本人。阮教授给我的第一印象是穿着非常时尚，明显用心搭配过。他穿着黑色风衣和长裤，还戴着充满时尚风格的棒球帽，如果光看背影，还以为是三十岁的年轻人。之前在新闻中看到阮教授时，他总是以一个不修边幅的中年学者形象露面，不料他在生活中竟还有另外一面。

"哟，新客人。"阮教授领我坐在一个柔软的沙发上，"你是怎么知道这个地方的？"

"报纸上看到的。"我一边说一边环顾四周。这个地方挺大的，厨房卫生间一应俱全，看来阮教授平时就住在这里。

"小伙子还订报纸？"阮教授笑着说道，"家庭条件不错呀。"

"不是我的报纸，"我老实回答道，"是我在别人家里看到的。"

"这样啊。"阮教授说，"其实也不重要，相逢就是缘分。"

"嗯，阮教授，"我说出了一直担心的问题，"我们这个心理咨询服务不会很贵吧？"

"不要紧。"阮教授又笑了，"我又不缺钱，我所关心的是问题本身。"

说着，他为我沏了一壶茶。茶叶的香气让我放松了很多。之后，他又拿出几块小点心摆在桌子上，我顿时喜欢上了这位贴心的教授。

阮教授告诉我，心理诊所本来是想对大众开放的，可是他担心来的人太多忙不过来，就没有大肆声张，而是弄了一个类似于会员制的方式，在部分群体之间做了宣传。阮教授觉得，现在心理问题更多的是一种"富贵病"，患有心理问题的人很多是不太忙于生计的人，所以他在报纸这个平台上做了广告。

听闻此言，我忍不住苦笑了一下，因为我显然是个例外。

阮教授又说，本市是一座科技之城，是全国最喜欢接受新事物的城市，和新技术接触的机会最多，可能患有相关心理问题的人也多，因此他才打算在此定居一段时间。

阮教授认为，心理学属于社会学的一部分。要想研究群体的特征，就要先从个体入手。他将在此地创造出一套人工智能心理学的理论，并且最终将其发展为人工智能社会学。

"最近一段时间，我会在本市开展人工智能心理学的研究。"阮教授向我阐述道，"所谓人工智能心理学，并不是研究人工智能产生的意志和心理，而是研究与人工智能深度接触的人类的心理变化。本市这种科技城市，科技产品更新换代速度极快，随着人们与人工智能的接触逐渐加深，心理上可能会产生急剧的变化，这正是我想要关注的。"

我虽然不知道他说的这些有什么用，但大致明白了我这样的人正是阮教授所需要的。我患有因为人工智能而产生的心理疾病，我需要治病，阮教授需要科研，嗯，我们互帮互助。

用完茶点之后，阮教授亲切地向我问起来这里的原因。

"我害怕机器。"我小心翼翼地说道。

我也害怕阮教授对此一笑了之。他是个半辈子都在研究人工智能的专家，又怎能理解这种苦楚。

我没想到的是，阮教授听到这句话后，并没有露出奇怪的表情，而是沉稳地点了点头。

"不用过度担心，这是一种常见的症状。"阮教授说，"恐机症。"

见到我困惑的样子，阮教授继续向我解说。

"人类的心理问题其实一直随着社会的改变，尤其是科技的进步而产生变化。就和自然界的生物会随环境改变特征，细菌因为抗生素的存在而产生抗药性这些事情一个道理。

"你听说过恐高症吧？这是很多人都患有的一种心理疾病。可你有没有想过这种疾病是什么时候出现的？它并不是自古以来就广泛存在的疾病，因为古时候，除了少部分有爬山需求的人以外，人类是没法到达高处的，自然也不会有什么恐高症。随着技术的改进，终于有一天人类能够盖出非常高的楼房，这时候才有了恐高症的出现。

"另一个很好的例子是恐艾症，也就是艾滋病恐惧症。这一疾病的患者会对艾滋病感到强烈的恐惧。他们中的大多数人总是担心自己得了艾滋病，即使医院检查的结果证明他们的身体非常健康。显然，这一心理疾病的诞生与艾滋病的出现有关，本质上来源于各种媒介对艾滋病的妖魔化宣传。

"所以，恐机症的出现就不是一件令人意外的事情。如今人工智能技术已经深入了人们的生活，如果不够了解人工智能，对其产生恐惧也是很自然的事情。"

听完阮教授的讲解，我放心了很多。这是一个值得信任的人，而且学识丰富，我可以向他讲述自己的故事。

"你从什么时候开始发现自己害怕人工智能呢？"阮教授问道。

我叹了一口气。我不喜欢这个问题，可是又必须回答。

"自从我的父亲去世之后。"

2

在这样不平静的夜晚，想要平静地睡着并不是一件容易的事。

刘百箴给我安排的房间虽然不大，但设施还算齐全。床、桌椅、台灯等物品都有，甚至还有一个洗手间。研究所每一位主要成员的办公室内都配有同样的设施。据说，这是宝石科技的一贯作风。科研人员只要有了灵感，就会不眠不休地工作。考虑到他们可能一时兴起，因工作到太晚而无法回家的情况，这里的办公室被改造得像宾馆房间一样。

我把自己躺着的床命名为科研床。有多少科学家是在床上躺着的时候想到了足以改变世界的定理呢？他们的床会不会也拥有魔力，能加快人的思考速度呢？

我躺在科研床上，回想自己这一天的经历。

今天是无比漫长的一天。早上，我在家中享受假期；中午，我驾车行驶在郊外；下午，我在调查一起案件；晚上，我与一位富豪一起就餐。

在这一天之中，意外事件频频发生，而案情又屡屡进入死胡同。还没有厘清前一个线索，后一个线索又接踵而至，并且完全令人摸不到头脑。这些线索毫无规律，又不合时宜地出现，最后以死者凌舟的研发数据丢失作为结束。局长把赖床的我吵醒时，我完全没想到会深陷这样的泥沼之中。

凌舟计算机中的数据消失了。据他的助手秦欣源所说，在最近一周，福尔摩斯机器的开发工作有了重大突破。可是刚刚她发现，有关这些"重大突破"的数据全都不见了。

"具体情况只有凌舟自己知道。"秦欣源说，"但他肯定取得了很重要的进展。"

"难道是关于……"刘百箴迟疑道。

"没错，是关于受限定理的。"秦欣源说，"凌舟找到了突破受限定理的方法。如果顺利的话，他很快就能构建出福尔摩斯机器。可是现在我完全找不到关于这方面的内容。"

"秦小姐，会不会那些数据从一开始就不存在呢？"我想到了一种可能，"他只是提出了相应的理论，还没有将成果录入计算机中。"

"不是这样的。"秦欣源坚定道，"最近几天凌舟的情绪非常高涨。他向我透露，自己的研究取得了突破。从他的表现来看，这是真的。"

"可你刚才不是这么说的。"我想起了一件事，"下午的时候，我问过你凌舟是否有反常的举动，你的回答是没有。"

"是吗？那时候我没说？"秦欣源顿了一下，一时间表情有些异样，但很快又归于常态，"也许是忘了吧。相信我，我说的是真的。"

刘百箴很重视这件事情，他让魏思远检查了一遍凌舟的计算机，没有发现秦欣源所说的数据存在的痕迹。如果它们真的存在过，那么修改了这台计算机的人一定是个高手。问题是，研究所里的大部分人都是计算机高手。

我还对另一件事感到不解。

如果这份数据确实存在，那么窃取者为什么要将其删除呢？

如果他只是单纯地想要拿走数据，直接拷贝就可以了，为什么要将原始数据删除？这样不是很快就会被发现吗？

显然，这张科研床并没有让我变聪明。那些白天我无法想清楚的问题，到了夜里依然一塌糊涂。

算了，想些别的事情吧。不知怎么，脑海里忽然浮现出千帆的身影。千帆的房间就在我的隔壁，此刻她在休息吗，还是和我一样思考着问题呢？

我更加难以入睡了。我干脆起床离开了自己的房间，到走廊里去透透气。

夜晚为这所建筑平添了几分神秘。所有的灯都关着，这里的构造我本就不熟，离开了灯光，我更是连方向都分不清。不知不觉间我走下楼，可走着走着，又找不到楼梯在哪里了。

我四处转悠，尝试找到楼梯。可就在这时，我听到前方似乎有人的声音。我轻轻地朝声音的方向挪动脚步，同时细细地分辨，果然，有两个人在低声交谈。

"你要的东西我可以给你。"第一个人的声音很低，我甚至听不出是男是女，"但那件事你千万不要说出去。"

"那是自然，不过，"对方发出轻蔑的冷笑声，"你得先满足我的要求。"

第二个人是个男的。虽然他说话的声音也不大，但我确信今天曾经听到过他的声音。这人一定是研究所的成员之一，但一时之间我无法分辨出他是谁。

"我已经足够有诚意了。"第一个人有些恼火，"你还要怎么样。"

"想必你也不想惹祸上身。现在又发生了这种事情……"第二个人说，"我得提醒你一下，警察可还在这里呢。"

第一个人听到这句话沉默了片刻。

"那好，你看看这个吧。"第一个人说，"其他的部分我已经给你了。现在你仔细看。"

"哟，"第二个人发出了惊叹声，"还真不错。"

他说这句话的同时，我的耳朵捕捉到了一丝微弱的杂音。这个声音有一点古怪，我说不出是什么。不明所以的声音让我有些心急，不自觉地往前靠了两步。

"等等，好像有人。"第一个人非常警觉。

我赶紧停了下来，站在原地。然而为时已晚，一阵急促的脚步声响起，那两个人逃走了。在意识到发生了什么之后，我立刻向前追去。

即使环境昏暗，我还是一下子就看到了一个身穿黑衣，头戴帽子的瘦高个男人的身影。帽子？他为什么穿得这么奇怪？这个念头在我的脑袋中一闪而过，然而我来不及细想，身为警察的本能让我向前跑去，追击那个男人。

黑衣男子的移动速度非常快，转眼间就到了走廊的转角处。我大步向前，试图追上他的脚步。

可就在这时，令我震惊的一幕发生了！

在我赶到走廊转角处的一瞬间，黑衣男子的身影消失得无影无踪！

研究所的圆形走廊有四个弧度很大的转角，有点类似于圆角矩形。男子消失的地点正位于圆角处，我向拐弯的地方看去，连半个影子都没看到。我怀疑是黑暗的环境模糊了我的视线，又向前走了一段距离，可依然没有任何发现。

怎么会这样？眼前的情形实在超乎了我的认知范围，我的大脑甚至有些难以运转。这个拐角处只有两个地方可以走，不是我追过来的方向，就是拐弯的方向。我很确定男子没有从我的身边溜过，可转弯过后的方向也不见他的身影。难道他还能从空气中蒸发了不成？

我拼命回想着刚才的那一幕。由于四周很黑，我没能看清他消失时的动作。黑衣男子移动的时候是有脚步声的。某一个时刻之后移动的声音戛然而止，他应该就是在同一时间消失的。

莫非他躲进了某个办公室里？的确，这条走廊上有办公室。可即使是最近的一个房间，想要在这短短的一瞬间跑到门前，开门，进房间，再关门，从时间上来看是不可能的，这已经超越了生理的极限。

我越想越觉得不对劲，可也想不出很好的解释，于是转而去想之前发生的事情。此前，我听到了两个人在谈话，但当我追过去的时候只看到了一个人。那第二个人去哪儿了？

会不会黑衣男子是在故意吸引我的注意力，好让第二个人逃走？我仔细想了想当时的状况，觉得很有可能。那个时候我只注意到了衣着奇怪的黑衣男子，完全忽略了其他事情，再加上环境昏暗，即使有一个人躲在了墙边，我也可能没有留意。

可这无法解释黑衣男子消失的原因。我很确定，黑衣男子可没有躲在墙边。他是完完全全地凭空消失了。

我百思不得其解。难道研究所里有暗道，又或者这个人是魔术师，借助了什么古怪的魔术器械？很多种可能在我的头脑中一闪而过，然而哪一个都不能让我信服。

那两个人的谈话内容又是怎么回事？听起来像是第二个人在威胁第一个人，然后第一个人不得不给第二个人看了什么东西。

目前留宿在研究所里的，只有作为福尔摩斯机器项目组主要成员的七个人。没想到在这几人之中，还存在着某种见不得人的关系。这让本已百般复杂的案情又蒙上了一层面纱。

我沮丧地往回走，总算找到楼梯，返回了自己房间所在的楼层。路过千帆房间的门口时，我停留了一下。如果是她的话，会不会有机会抓住那个黑衣男子呢？她的感官比我敏锐许多，如果她在场，大概会轻易地发现其中的端倪。不过那时候，她肯定会嘲笑我的迟钝。

就在这时，门开了一条缝。

"梁警官？"千帆轻声问道。

"你还没休息吗？"

"我听到了声音，"千帆说，"感觉有人站在门外。"

"不好意思，"我道歉，"吵到你了。"

"没关系。"千帆把门打开，"梁警官，你好像有烦心事？要不进来坐坐？"

"这不太好吧，会打扰到你。"

"没关系，"千帆大方地说道，"反正夜晚还很漫长。这点时间对我来说是可有可无的。"

本来我还有一点犹豫，可看到千帆并不介意我进入她的房间，也就放心了。

千帆房间的布局和我的没什么不同。可房间里的东西十分工整，几乎没被动过。

"我不需要这些东西。告诉你一个秘密，"千帆偷偷对我说道，"我可以站着睡着哦。"

"真的吗？"

"真的。"她认真地说道，"如果你看我一动不动，而且基本不说话，说不定就是进入了梦乡呢。"

我想了一下她在"睡觉"时的样子，忍不住笑出了声。

"要喝一点咖啡吗？"千帆拿起速溶咖啡和水杯，"宝石科技真的很不错，还给员工提供这些东西。"

"算了吧。"我说，"喝了咖啡就更睡不着了。"

"好吧。"她放下了水杯。

一时间，千帆的动作有些拘束，就像不知道应该做什么一样。

看着她的身影，我忽然有些感慨。

我今天才第一次与千帆见面，此刻心里却莫名地生出一种亲切感，好像她是我相识多年的朋友。

这也许是因为我见到了她生活中的一面吧。即使家具再少，这个房间里依然有着生活的气息。当见到一位朋友闲居在家时的样子，就会由衷地觉得自己和这个人的距离拉近了。一直以来，我都只是在传言中听到千帆的故事，这让她本就神秘的形象更蒙上了一层面纱。现在，面纱褪去，我终于见到了真实的千帆。

她真的很好看。望着她的侧脸，我突然又冒出了这个想法。

"千帆，"我说，"你——"

"嘘。"千帆打断了我，"听。"

听到这句话之后，我仔细地听了很长时间，但结果并不理想。如果寂静不算一种声音的话，那我什么都没有听到。

"有风吹过树枝的声音。"千帆轻声对我说道。

我都忘了，研究所的四周都是树林。在城市中待的时间长了，即便有机会能感受到自然之声，迟钝的感官也无法捕捉。

其实我觉得更有趣的是，她会为了听风声而直接打断我说话。

"千帆，"我好奇地问道，"说起来我也算你的上级，而且今天我们才第一次见面，为什么你跟我说话时的态度这么随意呢。"

"啊，"千帆说，"你不会生气了吧？"

"没有。"我说，"只是觉得很特别。"

"确实有人这么说过我。"千帆说，"我认为特别一点挺好的。而且，风吹树枝的声音对我很重要。你知道吗，我从未听过这种声音。"

"真的吗？"我说，"可是城市里也有树啊。"

"那不一样，这是冬夜里的冷风在层层树木之间流淌的声音，我确信此前从未听过。我的记忆力很好，听到过的声音永远都不会忘记。"千帆说，"幸运的是，我的记忆中又永远多了一种声音。"

"真羡慕你。"我说，"我也想记住美好的瞬间。"

有时候我会想，信息时代人类的记忆竟然如此脆弱，以至不得不用电子数据作为辅助。上个月我的手机损坏了，重新装了系统，原有的数据全部都被覆盖，感觉记忆也随之消散了很多。那时候我觉得自己真是可悲，不翻看手机中的相册，根本无法找到记忆。原来那些经历过的事，相逢的人，没保留在大脑里，反而存储在硬盘以及学会谨慎后才得以保留的云端上。

千帆摇了摇头。

"忘不掉也未必是好事，人终究还是要向前看的。也许在抛掉了过去之后，反而会轻松一些。"

"这倒也是。"我说，"记忆和遗忘都非易事。"

寂静的夜晚让我的思绪清晰了许多。我想起了很多往事，随即又想到，回望过去与展望未来其实毫无意义，并不能增加对自我的认知，不过是一厢情愿的多愁善感而已。我既捉摸不透过去某一时间的内心想法，也无法看清未来的自己会前往何处。此时的我竟不能明白过去的自己为何会对一些事物感到恐惧，就像那时候的我绝对不会想到，多年后，我会在一个研究福尔摩斯机器的机构，与一名叫千帆的警察共同破案。

千帆正在看着我，好像在犹豫一些话要不要说出口。

"梁警官，"最后她还是对我说道，"你似乎有些害怕这个地方。"

"有吗？"我诧异道。

"嗯，从你一些细微的表情之中能察觉到这一点。我对这类事情很敏感。"

"可我自己都没意识到。"我说。

难道那时候的异常心理，已经潜移默化到我的性格之中了吗？想到这里，我不禁摇了摇头。哪里会有这种事。

我对千帆坦白。

"说起来有些可笑。我曾经很害怕人工智能，只要接触与人工智能有关的事物就会感到浑身难受。"

"怎么会？"这回换千帆惊讶了。

"那是我刚参加工作时候的事。"我怀念道，"回想起来还挺有趣的。"

"那现在呢，"千帆关切地问道，"还害怕吗？"

"早就不了。"我说，"但那时候养成的习惯保留到了现在，比如看到机器时会情不自禁地皱眉。这个习惯其实很不礼貌，我应该改一改。你大概是注意到了这一点吧。"

其实我还有另外半句话没有说出口。千帆非常敏锐，居然能注意到这种事，但她没有察觉到问题的本质。也许我的确对这个研究所抱有一种特殊的情感，但应该不是害怕。我早已不再惧怕人工智能了。

是厌恶。这里让我想起了已经去世的父亲，这恰恰是我不愿回忆的，所以我厌恶这里。而千帆当然不会知道这些。

"那你是第一次负责与人工智能有直接关联的案子吗？"千帆问道。

"疑似凶杀案的情况，确实是第一次遇到。"我说，"这么想一想，也许是命中注定的呢，要我这样曾经对人工智能感到恐惧的人来解决这起疑案。"

"说得像某种仪式一样。"千帆说。

"可惜这场仪式并不简单。"我叹了一口气。

我告诉了千帆刚才的所见所闻。一场不可告人的交易，和一起超乎常理的消失事件。这些事情让我的思绪混乱不已。

"大致的情况我了解了，"千帆在听完我的叙述后说道，"但你有没有想过，你听到的是两个人的对话，但等到追过去时只看到了一个人，另一个人哪里去了？"

"嗯，这件事我也想了一下，应该是我那个时候没有注意到吧。当时的环境太昏暗了，假设另一个人弯下腰躲在一边，我是完全有可能看不到的。"

"那么你有没有想过，躲起来的可能不只是一个人呢？"千帆轻拍了我一下，"思维活跃一点。梁警官，你知道你目前最需要的是什么吗？"

"什么？"

令我意外的是，千帆给了我一个非常有用的意见，正是这个意见让我看到了一丝曙光。

"改变认知，"千帆说，"这是一起发生在新时代的案件，你必须用新的眼光去看待事物。"

"你是说……"

当局者迷，旁观者清。千帆的这句话如同凝聚剂一般，将我混乱的思绪整合到了一起，最终化作了两个抽象的概念。

新的时代，新的事物。

我反复嘟囔着这两个词汇。

3

这是我到达研究所的第二天，也是机诞日的后一天。

机诞日一共放七天假，是一个难得的全球共同庆祝的节日，然而我却不得不在这个美好的假期工作，去解决一起异常棘手的案件。

昨晚与千帆告别后，我回到自己的房间，躺在床上读了一会儿福尔摩斯。令我惊讶的是，即使过了这么多年，我依然能感受到这些故事的魅力。年少阅读时的记忆不断浮现，让我感慨不已。

在阅读的过程中，我逐渐想明白了一些事情。科研床没能让我思维敏捷，反倒是福尔摩斯做到了。

新的一天已经到来，我虽然有了一些进展，但对案件整体的把握并不比第一天清晰多少。可我相信，接下来见面的这个人会为我解答一些疑惑。

孙庆亦。

之所以选择他作为突破口，是因为他在刘百箴办公室说的一句话。

"可那些资料不能……"

这是我刚来到研究所刘百箴的房间时恰巧听到的一句话。那时他们在激烈地争辩着什么东西。身为项目负责人的凌舟身亡，在这种特殊的时间点上，他们的话题内容一定离不开命案。

他们在谈什么？

现在，我和千帆站在孙庆亦办公室的门外，期盼着一会儿能得到问题的答案。

我敲了敲门。等待回应时，我注意到这扇门和我看到的其他门不一样。其他办公室的门要更智能，带有虹膜和指纹解锁的功能，可以自动打开。而这扇门则是传统的房门，需要用钥匙才能开启。

我一次又一次地敲门，迟迟没人回应。我说明了自己的身份，又大声呼喊。正当我疑惑是不是真的没人时，终于听到了里面传来了声音。

"喊什么喊！"

声音的主人似乎有点暴躁。我和千帆对望了一眼，看来出师不利。

门开了，孙庆亦站在门口，正是昨天见到的那位眼皮耷拉着的矮个子。此刻他的脸色更阴沉了，有些吓人。如果人可貌相的话，我很确定他是这里最适合担任凶手角色的人。

"我没什么想说的，也不知道什么信息。"孙庆亦并没有让我们进去的意思，"我忙着呢，不想被人打扰。"

"还请您配合我们调查。"我忍住火气说，"大家都希望能早日破案，然而案情还有很多不明确的地方。我们早一点弄清事情的经过，你们也能早一些复工。"

"我什么都不知道。"对于我的说明，孙庆亦一点也没听进去。

他似乎想强行把门关上，可就在这时，他把目光移向了千帆。

"这位是？"

"这是我的搭档，千帆警官。"我说。

"你好。"千帆说。

"千帆警官……"孙庆亦的眼神贼溜溜地在千帆身上打着转。一股厌恶的情绪顿时弥漫在我的心头。

"请进吧。"孙庆亦突然改变了主意，"要问就赶紧问，一次问完。"

这是个好机会。虽然知道他的目的不单纯，但是没有办法，趁他没有反悔，我和千帆赶紧走了进去。

这是一个套间，最大的房间是工作室，旁边连着的是用来休息的房间以及卫生间。不过我首先注意到的是房间的角落，那里放着一个大约一米高的保险柜。

"这里面是什么？"我好奇道。

"内部资料，是机密。"孙庆亦说，"不过和案件无关。"

"最近几天，你有没有注意到研究所里有什么异常之处？"我开口问道，"无论多么细微的地方都可以。"

"没有。"他摇着头。

"昨天早上你几点到达研究所的？"

"八点半左右。"

"之后你去过其他房间吗？"

"没有，一直待在自己的办公室。"

"你觉得凌舟是一个怎样的人呢？能说说你对他的看法吗？"

"我不了解他。"

"你觉得凌舟突破受限定理的计划能成功吗？"

"不关心。"

我还没说完，他的答案已经抢先出来了，这还怎么进行下去。无奈之下，我向千帆抛去一个求救的眼神，千帆很默契地心领神会了。

"孙先生，"千帆细声细语地问道，"您能详细地跟我们说一说凌舟还有他的计划吗？我对这些事情很感兴趣。"

"你对这个感兴趣？"听到这句话，孙庆亦的语气不再那么死板，而是带了一种好奇的意味，"那还真不错。"

"是啊。"千帆夸张地点着头，"我觉得人工智能的研究者是真正站在科研金字塔顶端的人物。他们研究的内容都是皇冠上的明珠。"

孙庆亦满意地点了点头。

"同意，我也这么觉得。人工智能技术是一股引领未来的浪潮。"孙庆亦说，"至于凌舟嘛，我与他接触不多，和他有关的事我确实不了解。我承认他是一个天才，但说实话，他的选择不太明智。他这样的人在宝石科技工作有些可惜了。"

"什么意思呢？"千帆追问。

"刘老板有自己的私心，他所做的一切并不是为了真正的科研。制造福尔摩斯机器是为了满足私欲，也是为了完成后续的产品布局。对他来说，无论是人工智能还是其他技术都不重要，能赚到钱就行。"

他似乎并不忌讳对自己的老板评头论足。

"商人不都这样吗？"我忍不住插嘴道，"只要能提供科研经费，各取所需达成双赢，又何必在乎其目的呢？"

"还是不一样的。"孙庆亦冷笑了一下。

可惜，在那之后他并没有对这句话进行说明。

"梁警官，你还有什么事吗？"孙庆亦很快又变得不耐烦了，"我还有很多任务要做，没有其他问题的话就请离开吧。"

当然不能结束。我问出了早就想问的关键问题。

"昨天你和刘百篾好像在争论一些事情？你说的'那些资料'，指的是什么？"

"那与案件无关。"

"有没有关需要我来判断。"

"我说了无关。"孙庆亦拉下了脸，本就阴沉的面色变得更加阴沉了，"梁警官，与其把时间浪费在这种无关的事情上，不如去做点有用的事。难道你们警察查案的方式就是不断地骚扰群众吗？"

气急败坏。

我很确定孙庆亦在隐瞒一些事情，问题是他想隐瞒什么。我决定试探他一下。

"你听说过反福尔摩斯机器化协会吗？"

"嗯？"他停顿了一下，"没听过。"

他在撒谎。我捕捉到了一丝漏洞。如果他真的没听说过，按孙庆亦的性格，以及刚才对话的气氛，他理应说出更难听的话。可他直接回答没听过，在某种程度上暴露了他内心的波动。

我不给他思考的时间，继续追问。

"那么，你听说过研究所里可能会有商业间谍这件事吗？"

"这……"孙庆亦的表情中难得地出现了慌乱，"我不知道。"

没错，他知道。我松了一口气。反福尔摩斯机器化协会和商业间谍两个信息在本案中起到的作用一直不明，但此刻我总算找到了突破口。

"孙先生，能告诉我真话吗？"我轻声说道，"说实话，我觉得凌舟的死与你无关，其他的事情我也无意去追究。我只是想知道真相。"

"不，我真的什么都不知道。"孙庆亦不断摇头。

我对这个回答感到失望。既然他不肯说，我只能问出最后的问题了。

“那请你告诉我，昨天夜里，你在鬼鬼祟祟地做些什么？”我问，“或者说，你在威胁谁？”

4

从听到那两个人对话声音的那一刻起，我就一直在回想，他们的声音究竟属于谁。研究所的成员之中，除了沃森博士以外，其他人我都见过并且听过他们的声音。

可我左想右想都想不出结果。第一个人的声音太低了，我连男女都不能确定，自然不能猜测身份了。第二个声音很耳熟，但一时半会儿我还真想不出是谁。直到今天，我再一次听到了孙庆亦的声音，才意识到那个声音很可能就是他的。昨天我只听他说过一句话，没能留下很深的印象。可随着我听到他声音的次数越来越多，我开始怀疑他就是神秘人之一。

关键证据在于他和千帆的对话。千帆提问之后，孙庆亦说了一句"那还真不错"，类似的话昨天晚上的那个人也曾经说过，应该是他常挂在嘴边的话。至此，我很确定他就是两人中的一个，而且是频频发出威胁的第二个人。

面对我的质问，孙庆亦选择了沉默。他不承认昨晚与别人进行交易的事，一口咬定自己什么都不知道。这个阴郁的男人还挺顽固的。

我不想在这里浪费太多时间，只能先离开了。离开之时，他用古怪的眼神盯了我们一眼，但最后还是什么都没说。

"不继续询问吗？"离开孙庆亦的房间之后，千帆问我，"他好像知道很多东西。"

"再僵持下去也没有意义。"我说，"以后还有机会撬开他的嘴。"

我忽然停住了脚步。

"比起这个，我更关心另外一件事情。"我说，"他似乎非常在意你。"

"有吗？"

"在对话的过程中，他时不时地会向你那边瞄上几眼。"我皱起了眉头，"你和他私下有过交谈吗，或者你在不经意间知道了关于他的某样事情？"

"没有。"千帆摇头。

"那他在看什么？"

"就不能只是单纯地被我的魅力吸引了吗。"千帆嗔怪道，"你真不会说话。"

"不像。"我说，"我总觉得那个男人有着特别的动机……算了，可能是我想多了。"

不过，千帆的话让我想起了一件趣事。

"对了，说到被你的魅力吸引，这里还真有这样的一个人。"我笑着说，"那个叫风沐的女工程师对你很感兴趣呢。"

"对我感兴趣？"

"是啊，一见钟情的那种。"我打趣道，"接下来我们去见她吧。"

听闻此言，千帆一副十分担忧的样子。"你说得我很害怕。"

"没办法，为了套到情报，只好让你牺牲一下了。"我说，"谁叫你这么有魅力呢。"

不出我所料，才刚见到我们，风沐就高兴得蹦了起来。

"梁警官，"她朝我一笑，"你果然没有食言。"

她向千帆伸出了手。

"千帆警官，你好，我是风沐。"

千帆犹犹豫豫地伸出了手，好像害怕会被吃掉一样。而风沐则一把握住了千帆的手，脸上露出了愉悦的表情。

"要是所有的警察都这么可爱的话，世界上就会没有犯罪行为了吧。"她说，"不，也许犯罪分子反而会变多，因为大家都想见到警察。"

千帆对她的恭维并没有感到高兴，而是条件反射一般抽回了手。看来她遇到了自己的克星。

"风小姐，"我问道，"你昨天熬夜了吗？"

她的眼睛有一点浮肿。

"哈，被发现了。"风沐笑着说，"彻夜写代码来着，没控制住时间。"

风沐笑起来的时候，细细的眉毛和眼睛一起弯着，就连圆圆的眼镜好像都跟着弯了一个弧度。她开朗的性格给我留下的第一印象很好，看来研究所里还是有正常人的。

"注意休息呀。"我说。

"一时兴起嘛，"她有点不好意思地说道，"灵感来了就控制不住。"

"乘兴而来，兴尽而返。"我说，"风小姐倒是性情中人。"

我又问了她几个常规问题，得到的答案和预想中的相同。她昨天早上一直待在自己的办公室内，不知道反福尔摩斯机器化协会，也不知道商业间谍的事。

那之后，我跟风沐又闲聊了几句，感觉还很聊得来。倒是千帆一直躲在我身后，一句话也没有说。

"我很喜欢机器人，"风沐说，"我们公司很多机器人都是我开发出来的。"

"昨天我见到过一个送餐机器人。"

"那可是我的得意之作。"她自信地说道，"我费了好长时间才把手臂和手腕的运动路线设计得完美无缺。"

她向我说明了很多技术上的细节，可惜我完全听不懂。

"之后可能要给福尔摩斯机器开发一个实体呢。"

"我听刘老板提到过。怎么，要做成真人的样子吗？"

"那怎么可能。"风沐被我逗笑了，"还是传统机器人那样，顶多做个卡通一点的福尔摩斯。"

"为什么不呢？"我问，"是技术做不到吗？"

"你知道恐怖谷理论吗？当机器人的外貌与人类的相似度达到一定程度的时候，人类反而会产生强烈的反感。"风沐说，"目前的技术还无法做到人与机器完全一样，但就算能做到恐怕也不会受欢迎。其实想一想就知道了，机器人毕竟是被当作工具来使用的，如果大规模生产和人类非常相似的机器人，再任由人类奴役，这画面未免有些恐怖了。"

她一提起机器人就完全停不下来。

"所以机器人完全没有必要做得跟人类很相似，就算真的有那样的机器人，也只是贵族的玩具而已。类人化的形态并不完美，针对特定的任务来设计机器的外形才是最好的选择。

"不过，显像技术倒是有越来越向真实靠拢的趋势。这其中的原因也很微妙。显像毕竟是完全虚拟的，并不存在物理层面的实体，因此就算与现实再相似，人类也不会抗拒。人们对机器的恐惧，其实是潜意识中害怕另一种智能生物会取代自己在自然界的领导地位。一旦物理层面不存在，对其的恐惧就会消解很多。关于显像技术的事，你可以问问李岸，他在这个领域造诣颇深。"

显像吗……我若有所思地点了点头。

"这也是目前人工智能实体化的两个方向，一是与机器人结合，二是与显像结合。研制福尔摩斯机器也是在走这两条路线，在虚拟层面研究成功后，再将其落地到现实中，到时候就能看到一个活生生的福尔摩斯了。"

总的来说，风沐说明的内容和刘百箴告诉我的相同，宝石科技的三个主要科研方向是虚拟人工智能、显像和机器人，三方互相交叉融合。福尔摩斯机器就是最先开展的实验项目。

"其实我对福尔摩斯机器很感兴趣。"我借此机会打听内情，"听刘老板介绍，这个机器的诞生能终结一切福学问题。"

"是的。理想情况下，我们构建的福尔摩斯机器就是福尔摩斯本人，自然会知道那些问题的答案。"风沐向我说明道，"具体一点来说，福尔摩斯机器由两个模块组成，一是智能推理模块，二是福尔摩斯模块。

"智能推理模块负责进行推理。要成功地'复活'福尔摩斯，就必须让他拥有原著中那样强大的推理能力。原著中，福尔摩斯看人一眼就能说出他的职业、爱好、生平经历。为了实现这一点，我们给机器布置了许多传感器，通过这些传感器，机器能捕捉到图像、声音等信息，并综合利用这些信息进行推理和决策。

"这一部分主要交给魏思远的团队。智能推理模块实现起来并不难，本质上和传统的智能推理机没有太大区别，不过我们优化了算法，让推理的准确率变得更高。我们引入了许多真实的犯罪案例作为训练集，最终结果也不错。说不定以后我们的福尔摩斯机器还能被你们警局引入呢。

"福尔摩斯模块就是刘老板心心念念用来解决福学问题的模块了。在这一模块中，我们着重构建福尔摩斯的人物模型。我们没有人工编写福尔摩斯的性格特点等内容，而是输入福尔摩斯正典的六十个故事，完全让机器自己从中学习。通过不断地调整参数，来逐渐逼近真实的福尔摩斯。这一部分由凌舟的团队负责。

"通俗地说，智能推理模块让机器变成了神探，而福尔摩斯模块让这个神探变成了福尔摩斯。"

风沐的讲解清晰易懂，让我对福尔摩斯机器又多了几分了解。

"多谢。"我说。

"这些内容对破案有帮助吗？"

"很有帮助。"我说，"目前福尔摩斯机器的研制工作进展到哪一步了呢？"

"智能推理模块已经基本完成了，问题是福尔摩斯模块。"风沐担忧地说道，"理论上，由于受限定理的存在，福尔摩斯机器是无法准确回答福学问题的。据说凌舟有办法绕开受限定理，具体情况我不清楚。唉，现在失去了凌舟，恐怕研发进度要大不如前了。"

见我对机器很感兴趣，风沐提议说："不如一起去看看福尔摩斯机器。"

"可以吗？"

"当然可以。"

我想起凌舟遇害前曾去过存放福尔摩斯机器的房间，便同意了。去看一看也好，也许会在那里发现些线索。

也许是联想到了其他机器，在路上时，千帆问了我一个问题。

"听说总局引入了新一代的犯罪分析系统？"

"是啊，准确率很高呢。"我回答。

"唉，"千帆摇了摇头，语气中充满无奈，"看来我们终有一天会被时代抛弃。"

"不会的。"我说，"毕竟有受限定理限制着呢。"

"是啊，"千帆说，"有受限定理。"

不知怎么，我觉得她的语气充满了悲凉。

存放福尔摩斯机器的房间是一个库房，里面堆满了各种奇奇怪怪的东西。不过，如果不是风沐说明，我根本看不出角落里的那个物体就是这起案件的主角。它看起来只是一个简陋的长方体。

"准确地说，这只是福尔摩斯用来与外界交流的部分，包含语音识别、图像捕捉、发声等功能，他的大脑位于云端。从这个角度来说，福尔摩斯机器其实可以很轻松地移植到计算机或者手机上。"风沐说，"梁警官，你来与他说几句吧。"

"你好。"我发出了问候。

"你好。"机器回答，他的声音是一个低沉的男声，"看得出来，你是一位警官。"

"咦，"我惊讶道，"你是怎么知道的？"

"这没什么。"机器谦逊地说。不过听得出来，他因为我的惊讶而感到高兴。

我突然反应过来，我手上还戴着警用的执行终端，这样的装束自然是警官无疑。

"他还能知道更多。"风沐笑着说道，"福尔摩斯先生，你有多么了解这位梁警官呢？"

"显而易见。"机器漫不经心地回答，好像问题过于简单了，"梁警官是破案的好手，屡破奇案，在警局颇受领导重视。他没有结婚，曾在一所一流的大学受到教育，老家不在本市，拥有一辆好用的汽车。"

"这……"我说不出话来。机器全说对了。

"看吧，"风沐笑着说，"他很聪明的。"

我想了一会儿，还是明白了这是怎么回事。能拥有执行终端的至少是高级警官，我年纪轻轻就升到了这个位置，说明我破过很多案件，在警局也颇受重视。同时，晋升得这么顺利，我一定拥有良好的学历。最近几天都是机诞日的假期，正常人都在和家人一起过节，而我却被派遣到这里，说明很可能是一个人住。那么我既没有结婚，又不跟父母住在一起。我不跟父母住在一起，老家很可能不在本市。而我能成功抵达这个偏远的地方，也证明了我有一辆好用的汽车。

我虽然想明白了，但不得不佩服这台机器的分析能力。

现在试试他的另一个能力。

"福尔摩斯先生，"我说，"你是哪所大学毕业的？"

机器默然不语。旁边的风沐听到这句话之后大吃一惊，飞奔到机器的面前，手忙脚乱地把机器关掉了。

"梁警官，你不能使坏呀。"风沐生气地说道，"你这个问题有可能要了他的命。虽说这台机器有保护机制，但和受限定理有关的问题还是有可能损害到他。"

"对不起，我没想到这么严重。"我老实说道。

我看了一眼千帆。她对这台机器完全不感兴趣，低着头，好像在想其他事情。我突然想起昨天晚上她跟我说过的话，她不会是睡着了吧。

不过，此刻我的思维异常活跃。亲眼见到了福尔摩斯机器给了我很大的触动，一瞬间我的脑中诞生了很多新的想法。

风沐看我若有所思，继续说："梁警官，我毫不怀疑你是一位优秀的警察，可刚才你的反应明显比福尔摩斯机器慢，这是因为福尔摩斯说的是关于你自己的问题，所以你才反应不过来。对于人类来说，处理与自身有关的问题都要困难一些，对于机器就更难了。这是从人类的角度去解释受限定理。"

"刚才展示的功能是全部内容了吗？"我问。

"只是一半的内容。如你所见，目前为止都是魏思远研发的模块，凌舟的部分还没有接入，所以这台机器还不能解决福学问题。"风沐说，"我可以给你看一下背后运作的过程。"

她又打开了一个开关，半空中出现了一些代码的投影。然而，在下一时刻，风沐发出了惊叫声。

"怎么回事，"她不敢置信道，"福尔摩斯的启动记录和历史数据全都被删除了。"

据风沐所说，福尔摩斯每启动一次，所有的运行过程都会在后台留下记录。可现在这些数据全都被删除了。

是谁删除了这些数据？

在生命中最后的时刻，凌舟曾来过这个房间。这是否与数据的消失有关？

据秦欣源所说，凌舟计算机上的科研数据也消失了，这与福尔摩斯机器运行记录的消失有没有关联？

本以为能解决一些疑问，没想到反而新增了几个问题。这起案件还真是令人头痛。

风沐还在操作着，她在计算机上输入很多命令，不知道在忙些什么。

一波未平，一波又起。在一旁安静了许久的千帆突然轻轻地叫了一声。在我听来，那是身体不舒服才会发出的声音。

"怎么了？"我赶忙问道。

“我……我有些难受。”

千帆说话断断续续。我意识到了问题的严重，凑上前去摸了一下她的头。烫。

她的身体在发热。

风沐见到不对劲，也急忙跑了过来。她非常熟练地检查着千帆的症状，熟练到让人怀疑她以前做过医生。

“怎么会这样？”我急道，“千帆她……”

“我扶她回房间休息。”风沐安慰我道，“你放心，千帆警官只是有些累了，先让她休息一会儿。”

风沐扶着千帆，缓缓地向她的房间走去。

“梁警官，”临走的时候，风沐还不忘鼓励我，“早点破案呀，要是千帆警官回来发现你毫无进展，可是会生气的。”

我苦笑了一下。我不仅没能破案，连自己的搭档都失去了。

我静静地望着福尔摩斯机器出神。这台机器究竟有何魅力，让研究所的成员如此为之痴迷？

一时间，我涌起了一种想把它破坏掉的冲动。也许反福尔摩斯机器化协会是对的，这台机器才是罪恶的源头，消灭了它，一切就会停止。

正当我沉浸在幻想中的时候，手腕上的终端闪了一下。附着其上的高灵敏度传感器捕捉到了一丝细微的声响。由于此前几次不愉快的经历，我把终端调成了警报模式，现在它起作用了。

门外有人在偷听。

5

我轻轻向门口移动，之后以最快的速度打开房门，飞身出去，双手一扭一压，制住了偷听者的关节。

"疼疼疼……"

偷听者是个留着八字胡的中年人，此刻正不断地求饶。

"我讨厌偷听。"我松开了手，"你是沃森吧？"

"你怎么知道？"他狼狈地站起身。

"其他人我都见过，你只能是沃森了。"我说。

沃森挺直了身体，想保住一份威严，却因为刚才的事情显得有些适得其反。

"嗯，"大概是为了掩饰尴尬，沃森故意夸我，"一个善于推理的人推断出的结果，往往使他左右的人赞叹不已。"[①]

"过奖了。"

我观察着眼前的中年人。他并不是外国人，也许沃森这个名字只是代号。

沃森的体态较胖，衣服却更宽大，看上去整个人都缩在衣服里了。他的长相还算和气，但全被其他的面部特点掩盖住了。例如打理得很精致却略显稀疏的头发，还有他的胡子，说话的时候

---

①出自《驼背人》。

胡子也会跟着翘起，显得很滑稽。

"你是警察？"他问我。

"是的。"我回答，"我是梁铭，来调查凌舟的案件。"

昨天我和千帆在询问秦欣源的时候，门外也有人在偷听。

"昨天偷听的人也是你吧？这是很严重的事情，如果你解释不清楚，我有理由认为你有涉案的嫌疑。"我大声说道，"你为什么偷听？"

沃森被我的斥责吓到了，他的胡子随嘴角抖了一下，显得十分可怜。

"这……这是有原因的。"沃森小声跟我说道，"梁警官，我有些话想对你说。到我的房间吧。"

我随沃森来到了他的房间，一路上，他不停地说话，似乎想把话题岔过去，然而我并不接话。

一进门，我的视线就落在了房间里的书柜上。那是个巨大的书柜，摆满了各式各样的福尔摩斯书籍。在这个年代，纸质书是一种彻彻底底的奢侈品，是有钱人的消遣。这面书柜里的书足够换几套房子了。

沃森看我对书柜感兴趣，主动为我解说起来。

"我的福尔摩斯收藏在国内算十分有名了。这两本我最满意，是《比顿圣诞年刊》①的完美影印版和刊登《波希米亚丑闻》的那期《海滨杂志》，目前已经很罕见了。啊，这本是华生医生最喜欢的克拉克·拉塞尔的航海小说。放在右边的那本是初版的巴林·古尔德《注释本歇洛克·福尔摩斯全集》。那本线装书，是民国时中华书局出版的文言译本《福尔摩斯探案全集》，旁边是

---

① 福尔摩斯的登场作《血字的研究》发表在一八八七年的《比顿圣诞年刊》上。《比顿圣诞年刊》已几近绝迹，因此沃森的这本影印版是非常珍贵的。

改革开放后掀起了一波侦探小说热潮的群众出版社版《福尔摩斯探案全集》。最近几年的书也有，那边是星空出版社前年出版的限量版三维全景书《福尔摩斯》，还有……"

我听得很头疼。虽然我也喜欢书，但是沃森对福尔摩斯类书籍的狂热显然超出了我的承受范围。而且，这些名贵的书籍表明他非常有钱，我不喜欢看别人炫富。

不料，沃森说着说着突然停住了。他眉间紧锁，一脸严肃地看着书架上的两本书，沉思了片刻后，动手把它们对调了位置。那之后，他的眉目一下子舒展开了。

"抱歉，"沃森微笑着说道，"这本《华生攻略》应该放在《福尔摩斯养蜂手册》前面的，虽然它们都在同一年出版，但前一本是四月份出版的，后一本是六月份出的。我之前拿下来看的时候顺序放错了。"

他似乎有点强迫症。不过这不是当前应该讨论的要点。

"沃森先生，不要再偏题了。"我说，"你把我叫来是想跟我说什么？"

"梁警官，"沃森神神秘秘地说，"你知道制造福尔摩斯机器的意义是什么吗？"

"为了复活福尔摩斯，解决福学问题。"

"那只是一部分，还有更重要的。"

"难道是为了突破受限定理？为了研制一个更强大的推理机？"我说，"或者是为了赚钱？为了完成宝石科技的战略布局？"

"不对不对，这都什么乱七八糟的。"沃森摇头道，"制造出福尔摩斯，是为了制造华生。"

见到我迷惑不解的表情，沃森就像一位指导学生的教授一样，洋洋洒洒地推销起自己的理论。

"福尔摩斯的一切都与华生有关。自从在实验室与华生相遇开始，他的一生都与华生绑在一起。福尔摩斯的每一次冒险都有华生陪在身边；福尔摩斯落入危难之际，是华生伸出援手；华生不在的时候，福尔摩斯的灵感就匮乏了。对于福尔摩斯来说，身边这位有些迟钝却又正直坚毅的医生，是他生命中必不可少的伙伴。

"在《三个同姓人》一案中，福尔摩斯对向华生开枪的罪犯说了什么？他说'要是你伤害了华生，你不用打算活着离开这间屋子'。《爬行人》一案呢？福尔摩斯办案前给华生写过这样的纸条，'如有时间请立即前来——没有时间也要来。'最明显的一处则是《波希米亚丑闻》中福尔摩斯对华生说过的话。那时福尔摩斯在办案，华生想要离开，福尔摩斯说：'哪儿的话，医生，你就待在这里。要是没有我自己的包斯威尔，我将不知所措。'

"是华生成就了福尔摩斯。没有华生，福尔摩斯只是一个在十九世纪略有声名的侦探，脾气古怪又难以接近。而华生让他变成了举世闻名的天才神探、古往今来最伟大的人。是华生的作品让福尔摩斯声名远扬，让一代又一代的读者醉心于其中，寻找他留存在那个年代的蛛丝马迹。

"这么说吧，福尔摩斯故事中最重要的角色并不是福尔摩斯，而是华生。《福尔摩斯探案集》的作者，约翰·H.华生。"

"我不明白。"我说，"华生和福尔摩斯不都是虚构出的角色吗？这一切应该归功于作者柯南·道尔才对。"

没想到，沃森听闻此言后大惊失色。他警惕地环顾四周，好像我说出了什么大逆不道的话，不敢让别人听到一样。

"梁警官，你可千万不要这么说，"沃森低声对我说道，"在福迷面前说福尔摩斯是虚构人物，这可是死罪。福尔摩斯当然是真实存在的，记录他事迹的人是华生，柯南·道尔不过是把华生的作品以自己的名义发表出来而已。"

听他啰啰唆唆说了一大堆，我感到莫名其妙。不过，为了显示我对福尔摩斯和华生也有所了解，我打算卖弄一下昨天从刘百箴那里学来的东西。

"那你知道华生有几个妻子吗？"我得意地问道。

"你算是问对了，"沃森听到这个问题后非常高兴，"我可以算作是华生妻子的研究权威。关于这个问题，我们可以从《波希米亚丑闻》一案的时间说起……"

"算了，"我急忙道，"等会儿再谈吧。"

我算是明白，我对福尔摩斯的了解太少，绝不是沃森的对手。还是闭嘴为妙。

"不过我还是没明白，你刚才说要制造华生，可制造华生又有何意义呢？"我问道，"就解决福学问题而言，制造福尔摩斯还是华生都是一样的啊。"

"不一样。"沃森肯定地说，"我们关注福尔摩斯太多，却少有人留意华生。其实，侦探与助手，就如同一个硬币的正反两面，是不可分离的。就像黑斯廷斯之于波洛，石冈和己与御手洗洁，伟大的名侦探背后一定要有一个优秀的助手。我们有太多优秀的侦探了，数都数不清，可又有几个让人留下深刻印象的助手呢？研究华生远比研究福尔摩斯更重要，如果我们能研究清楚是什么样的品质造就了华生，那么我们就明白了是什么造就了福尔摩斯。我相信，每一个拥有天赋的人都可以成为福尔摩斯，只不过他身边没有华生而已。倘若我们能找到一位华生，制作出华生机器，就能启发无数的福尔摩斯。啊，正如福尔摩斯自己对华生说过的话，'也许你本身不能发光，但你是光的传导者。有些人本身不是天才，可是有着客观的激发天才的力量。'①"

"我大致懂了。"我说，"那制造华生在技术上也是可行的？"

"没错，这也是最妙的地方。"沃森快活地说道，他的脸色就像机器人发现了自己能通过图灵测试一样，"华生医生的故事同样都出自《福尔摩斯探案集》，把这些故事作为语料输入系统，去训练机器，只需要简单地调整一些参数，就可以做出华生机器了！"

我忽然意识到，沃森的英文是 Waston，中文也可以翻译为华生，也许他的这个称呼就是来源于华生。

这么一说，就连他的胡子也像是维多利亚时代的产物。那个时候的绅士们不都喜欢毛茸茸的上唇吗？

这好像离题太远了。

"沃森博士，你是不是忘记了把我叫过来的原因。"我说，"你还没有解释你偷听的理由。"

"啊，这个……我，我想多知道一点信息。"沃森的样子窘迫极了，"我只知道凌舟死了，其他的事情一概不知，这让我很不安。"

说这话的时候他显得很可怜，像极了不被主人喜爱的宠物。不过对于可爱的宠物来说，他的块头显然太大了。

"梁警官，"沃森又追问，"凌舟他到底是怎么死的？昨天上午我也看到了尸体，不像是意外。"

"吸入毒气。"我冷酷地说出了答案，想看一下沃森的反应。

出乎意料，沃森没有太大的反应。不管他的心里想法怎样，至少表面上他掩饰得很好。我原以为，沃森是一个容易喜形于

①出自《巴斯克维尔的猎犬》。

色，内心想法流露在外表的人。此刻却对这个结论有些犹豫了。

可能他也注意到自己的反应太过平淡，于是露出了痛苦的神色。我觉得这太刻意了。

"是这样。"沃森沉着脸说，"那么是谋杀了？"

"还不能确定。"

"梁警官，"沃森再次语出惊人，"我知道谁是凶手。"

5

"凶手是孙庆亦。"他信誓旦旦地说道。

"哦?"我对这个说法很感兴趣,"原因呢?"

"一周之前,我跟凌舟详细地说明了我的想法。我希望他能制造出华生机器。"沃森说,"凌舟说他会考虑的,可之后他就被杀了。"

沃森似乎确定这是谋杀。

"你觉得这跟你说的那些话有关?"我问道,"那孙庆亦又是怎样涉入其中的呢?"

"就在不久前,我听见凌舟和孙庆亦在争吵。"沃森悄声跟我说,"他们吵得很激烈,我也没听清楚内容。"

"哟,"我说,"沃森先生偷听的本领还真是不错。"

"我不是故意听的。"沃森显得有些尴尬,"只是恰巧路过孙庆亦的办公室。他们大概是因为我说的那件事产生了争执。或许凌舟想制造华生机器,孙庆亦不同意,他们之间就产生了矛盾。"

我想那不可能。他们争执的显然是其他更重要的事情。

也许是我若有所思的样子让沃森觉得自己提供的信息很重要,他变得得意起来,继续喋喋不休地向我讲解。

"对了梁警官,如果你遇到一些难题而没有破解思路的话,不妨参考一下福学的研究方法。"

他居然开始对案件的侦破过程指手画脚了。

"我认为福学家主要可以分为两种。第一种是'妄想型',这类福学家最著名的地方就是他们的想象力。他们首先想到一种骇人听闻的结论,然后再从正典的蛛丝马迹中挖出他们想要的东西。

"例如,著名的侦探作家雷克斯·斯托特①居然写过一篇'逻辑严密'的文章,论证华生是个女人!侦探小说家总是喜欢干这种事,毕竟开创了福学研究热潮的人就是罗纳德·诺克斯,没错,就是搞'十戒'的那个人。像这种天方夜谭一样的推理很多,有人说福尔摩斯和莫里亚蒂是同一个人,还有人说他和开膛手杰克是同一个人②,当然,也有人提出他们三个其实是三位一体的。嗯,我很高兴他们没有人说福尔摩斯和光绪皇帝是同一个人。

"第二种福学家就靠谱多了,他们是在试图厘清正典故事的线索或语焉不详的地方,综合利用年代学、文献学、考据学等知识,还原出原著没有提及的真相。他们甚至会仔细查询维多利亚时代伦敦每一天的天气情况,从而推断故事发生的具体时间,推断出一处之后,再以之为参照推理其他的部分。你不觉得这种手法和破案很像吗?抽丝剥茧,挖掘每一个细节,直至得出一个能解释所有问题的结论。

"就拿福尔摩斯和华生在萨里郡大冒险的一案举例子吧,《斑点带子》一案中,开篇提到过事情发生在一八八三年的四月初,后文中又说'那天天气极好'。要知道英国的天气嘛……经过查阅资料得知,一八八三年四月初天气最好的就是四月二日星期一和

---

①雷克斯·斯托特,美国侦探小说作家,代表作是美食侦探尼禄·沃尔夫系列。值得注意的是,在福学中有一个有趣且广为流传的说法,认为尼禄·沃尔夫是福尔摩斯和艾琳的儿子。
②也有福学家认为华生才是开膛手杰克。

四月六日星期五了，这两天太阳都出来了九个小时。不过后文显示斯托克莫兰在修房子，前面交代过房子是两天前开始修的，那么修房子的时间不是周六就是周三。按照当时的习惯，修理房屋的时间不会从周六开始，这就排除了当天是四月二日星期一的情况。所以故事的发生时间就确定了，是一八八三的四月六日。[①]

"那么我们再往回推，既然福尔摩斯和华生在一八八三年的四月六日就已经认识了，那么《血字的研究》一案发生的时间势必要早于一八八三年的四月六日，不过有趣的是，这起案件是在一八八七年被发表的——"

"打住。"我尝试着认真听，可最后还是一头雾水，"能不能说点有用的？"

"我觉得这很有用啊。"沃森摇头晃脑地说道，"这是一种思考问题的方式。这是……"

"算了。"我感到无可奈何，"还是由我来问吧。昨天早上，你几点到的研究所？"

"八点。"

"那之后你去过什么地方吗？"

"没有，一直待在这个房间。"

每个人的回答都是同样的。他们都待在自己的房间，然而凌舟却离奇死亡了。

眼前的这位胡子男会牵涉其中吗？沃森博士看上去不像穷凶极恶的犯罪者，可是他对福尔摩斯和华生的热爱比刘百箴还要狂热，他可能为此做出很疯狂的事。

"沃森博士，你对目前的这个科研项目持什么态度？"我问

---
①沃森这里的推理在借用福学家威廉·S.巴林－古尔德的研究成果。

道，"你赞同制造一个福尔摩斯机器去解决所有的福学问题吗？"

"怎么说呢……"沃森沉吟了一会儿，"我想还是积极的一面更多吧。刘老板最初邀请我参加的时候，我也考虑过这个问题。虽说听起来有点诡异，但思路确实是可行的。人工智能技术已经完全渗透到社会的方方面面，抱残守缺是不可行的。曾经我也是只喜欢福尔摩斯的正典故事，不认可其他乱七八糟的东西，可后来我意识到，正是这些新加入的东西才赋予福尔摩斯新的生命力。说到底，福学作品不也是正典的衍生品吗？一味地秉持着经典不可以延续的观点，那福学就不会诞生了。"

"那么沃森博士，"我说，"你了解反福尔摩斯机器化协会吗？"

"我听说过这个组织，但是我认为它偏离了福尔摩斯研究者的精神。"沃森摇头道，"福尔摩斯迷对一切结论都是包容的。正如我此前所说，从福学中诞生的东西往往荒诞不经，华生是女人，福尔摩斯是开膛手杰克，甚至还有更可笑的结论。可是没人对此感到愤怒，福迷对此往往会一笑了之，或者另起一文批判对手的观点。正是包容的精神才缔造了福学。无论是戏谑怒骂还是严谨的科考，都会使福尔摩斯故事变得繁荣昌盛，受到更多人的欢迎，在新时代拥有更强的生命力。反福尔摩斯机器化协会不过是那些反机器组织的残余，终究是在逆时代而行。"

我细细品味了一下这番话。

"谢谢，"我向沃森道谢，"你说的对我很有启发。"

"梁警官客气了。"沃森摸了一下他那维多利亚时代的胡子，展露出满意的笑容。

对沃森的询问结束之后，我去了监控室。这次我总算很轻松地找到了那个房间。

我想看一看昨晚的监控。我还是对昨天夜里两人消失的事件不能释怀。那两个人在密谋着什么呢？其中一个是孙庆亦，我很确定，但另一个是谁？黑衣男人的神秘消失又是怎么回事？我指望着监控能给我一个答案。

　　昨天，李岸已经把指令密码给我了，我可以随意调取任何时间的监控录像。我学着昨天千帆的操作，也像模像样地把监控调出来了。

　　可是，没有昨天夜里的录像。

　　我以为是自己的操作错了，反复摆弄，却始终无效，昨天夜里以及之后时间的录像消失得无影无踪。

　　仔细研究后，我得出这样一个结论，不是录像消失，而是摄像头根本没有工作。不知出于什么原因，监控摄像头没起到任何作用。自从午夜十二点开始，所有的监控程序都自动停止了。

　　怎么会这样？

　　我惊愕地愣在原地。

　　福尔摩斯先生说，对于一个真正的侦探而言，如果有人指给他一个事实的其中一个方面，他不仅能推断出这个事实的各个方面，而且能够推断出由此将会产生的一切后果。

　　我不是一个好的"侦探"。我所不知道的很多事情在这个研究所里默默地发生着。也许福尔摩斯先生说得并不对，事实由人类驱动，而人类的思想注定无法用逻辑推理来捉摸。

　　物有本末，事有终始，唯有因果率这条亘古不变的真理，连接着过去、现在和未来。

刘百箴正坐在他舒适的扶手椅上闭目养神。即使是在休息的时候，他的思维也没有停歇。

新智能科技。这家公司始终像一根刺一样扎在他的心头。

他们步步紧逼，挑战着宝石科技的领主地位。最近，新智能科技又宣布了新的开发计划，几乎重叠了宝石科技的每一个领域。在商业场上没有仁慈可言，稍有不慎就会满盘皆输。宝石科技的成长经历就是一个血淋淋的例子。

屋漏偏逢连夜雨。凌舟的死几乎断绝了福尔摩斯机器的研发希望，让刘百箴多年以来的梦想几乎付之一炬。更可怕的是，这个突发事件打乱了他原有的计划。

这几年，刘百箴开始感受到了身体的衰老。就算保养得再好，人也不可能违抗时间。

还要加紧一些。

宝石科技必将击败对手，一统智能科技产品的市场。

为此，付出什么样的代价都不为过……

魏思远还在计算，他写的公式几乎堆满了整张纸。

这是不可能的，他自言自语道。不过他已经不像之前那样有信心了。

如果……真的有一丝希望呢？

他回想起凌舟向他讲解过突破受限定理的思路，自己像听笑话一样根本没当回事。可是现在想起来，凌舟说的似乎有一定道理。

魏思远把草稿纸团成一团，扔到了垃圾桶里。

不。他再次坚定了自己的信念。凌舟是在异想天开，伟大的阮宏教授已经证明了受限定理的普适性，如果人工智能界只剩下一条正确的定理，那也是受限定理。

突破受限定理？怎么可能。

凌舟永远也不可能突破受限定理，永远不可能。

受限定理是一条永远正确的定理。

无论凌舟活着的时候还是死后。

李岸感到很茫然。

大学毕业之后，他总是随遇而安，没有刻意去斤斤计较些什么。但是现在，他被迫要做出一些思考。

凌舟已经死了。他是独一无二的天才，也是福尔摩斯机器研发项目组的核心。他死后，项目多半要被废弃掉。

那自己该怎么办？是时候考虑出路了。李岸不觉得刘百篯是一位适合长期相处的老板，或许跳槽到新智能科技才是更好的选择。最近那家公司风生水起，也许以后会一点点地蚕食掉宝石科技。

可眼前的难关又该怎样度过？凌舟的死势必会激起很大风浪。如果警察誓不罢休，一定要把一切都挖出来呢？

李岸又想起了大学时的那段荒唐岁月。他对此感到很后悔。

"不会被发现的。"他喃喃道，"不会被发现的……"

秦欣源盯着凌舟的照片看了很长时间，不知不觉间泪如雨下。

她回忆着与凌舟的第一次见面，可这段珍贵的回忆没有越来越清晰，她发现很多细节自己竟已经忘却了。

如果时光能倒流，一切能重来……

就算能倒流一天也好。

凌舟死去的那天，他说过的那些话一直在她的脑海中萦绕，每一分，每一秒。

这段记忆对她来说是一种折磨，可她还是不敢忘，因为那是她最后一次见到凌舟。

原来我一直不能理解他，一直不能。

她怅然地站在原地。

风沐躺在自己的床上。宝石科技的办公室居然还配床，第一次知道这件事的时候，她简直乐开了花。

就是这件事让她爱上了宝石科技。

风沐喜欢看事物积极的一面。她很乐观，一直很乐观，也希望自己能永远乐观下去。

可现在她有点乐观不起来。

那件事，能成功吗？

她看着放在身边的几个原型机器人，她一直在为这些东西忙碌。而且，她打算永远为之忙碌下去。

可不知怎么，她又想起了新智能科技。新智能科技的那些机器人……

沃森捋了捋自己的胡子。

华生留不留胡子呢？答案当然是肯定的。

华生是留胡子的，并且很喜欢自己的胡子，视之为珍宝。这是沃森的第一篇福学论文，也是他最为满意的一篇。

沃森正在博物馆里，望着一个台球杆出神。这是华生和瑟斯顿打台球时[①]用过的球杆，算是沃森心目中博物馆里为数不多的

---
① 出自《跳舞的小人》。

宝贝。

这里的藏品太糟糕了。虽然同是福尔摩斯爱好者，但沃森心里总是嫌弃刘百箴的品位。刘百箴只对福尔摩斯感兴趣，而忽略了华生。

沃森偶尔也会把自己的收藏拿来，贴补一下这个贫瘠的博物馆。当然，他对华生的兴趣远超福尔摩斯。他也很喜欢记录着福尔摩斯和华生友谊的物件，这样的物品是无价的宝物，一点不容马虎。

沃森的思绪中断了一下，他想起昨天这里曾发生了一起命案，这让他感到浑身发凉。

凌舟真是倒霉，怎么偏偏死在这种地方，也许……

算了，忘掉这件事吧。

他贪婪地抚摩着球杆。

我在心里做着各种假设。有人把监控关掉了。这个人是昨天夜里那两个神秘人之一吗？为了不让我看到他的身影？

还是有其他目的？

这时，门被推开了，一个灵动的身影走了进来。是风沐。

"梁警官，原来你在这里。"风沐长舒了一口气。

"是你呀。"我说，"千帆怎么样？"

"千帆警官很好。"风沐说，"可是另外一件事情我得向你汇报一下……"

风沐示意我跟上她，她一边走一边对我说道：

"我在计算机里发现了被攻击过的痕迹。"

"怎么回事？"

据秦欣源所说，凌舟的计算机也被攻击过。可能是新智能科技的商业间谍干的。莫非风沐也遇到了同样的情况吗？

"刚才我分析了一下攻击手段，并反向追踪了对方，"风沐面有忧色，"发现攻击者使用的机器就在这个研究所里。"

"能查出是谁吗？"

"是孙庆亦。"

"你确定吗？"我皱眉道。

"确定。"风沐说，"刚刚我去了孙庆亦的办公室，打算当面问他。可是没人应门。"

"大概是他不想开门。"我想起了早些时候的经历。

"不，不像。"风沐担心地说道，"我感觉情况不太对。"

我们来到了孙庆亦的房间前。

"我想还是先不要惊动其他人比较好。"风沐说，"就叫梁警官你过来了。"

"你做的是对的。"

我用力敲门。

"孙先生，"我一边敲一边喊，"开一下门。"

没有任何反应。

"这扇门能通过其他办法打开吗？"我问道。

"不能。"风沐摇头道，"这扇门是老式的，上锁的那种。孙庆亦不喜欢电了门，他觉得不安全。"

"不安全？"我感到奇怪，"难道这扇单薄的小门要比电子门安全？"

"他觉得电子门可以被黑客手段攻击，就算什么时候被人破解了，使用者自己都不知道。"风沐说，"而老式的门只能被暴力手段打开，如果被破坏一下子就能发现。不过说实话，我觉得这扇门并不结实……"

"我同意你的观点。"我说。

我向后退了两步,把全部力气集中在右脚上,使劲踢了门一脚。如我所料,门开了一条缝。于是我又踢出了第二脚、第三脚。

门开了。

我让风沐守在门口,自己闯进房间。

和我早上看到的没什么两样。桌子,计算机,椅子,角落里的保险柜,杂物,书柜。唯一的区别是房间里空无一人。

不对,有人。

我想起这是一个套间,隔壁还有一个房间。我打开通往另一间的房门,走了进去。

孙庆亦正躺在床上,然而他的样子却了无生机。他已经死了。

他的头部遭到重击,一旁滚落着凶器——一座拿破仑金属像。

我站在尸体的旁边,一时有些失神。直到一个人的声音把我从沉思中唤醒。

"梁警官。"身后传来风沐的喊声。

我回头望去,发现风沐和千帆正站在一起。

"我感觉不太对劲,就把千帆警官喊过来了。"风沐说。

"你怎么样了?"我问千帆。

"已经没事了。"千帆的语气一如既往。她看上去很有精神,让我一下子放心了。

"里面……"风沐的声音很紧张。

"他死了。"我摇了摇头。

我让风沐去通知其他人,然后开始查看现场。

我第一个看的,就是刚刚被我踢开的门。

128

这扇门有门闩。从损坏的样子看，是我破门而入的时候弄坏的。也就是说，这扇门是从内锁住的。

这是个不折不扣的密室。

6

在聆听我叙述的时候，阮教授非常安静，一次也没有打断我。

我向他讲述了我父亲的故事。

我关于父亲最多的印象便是他很温柔。自我记事起，父亲从未大声训斥过我，即使我犯了错误，父亲也会很耐心地向我解释我为什么做错了，如何去改正。直到我长大之后，才知道父亲的行为多么难能可贵。

也许是我小时候的记忆将父亲的形象美化了。多年之后，我再次回忆父亲时，渐渐地想起了他更多的侧面。

父亲是一个执拗的人。

我常常回忆起那件事。某个冬天，我和父亲一起坐公交车，透过车窗看到了一个漂亮的雪人。虽然只是一闪而过的景象，但父亲觉得雪人实在太美了，我也同意他的观点。于是我们提前下了车，父亲抱着我，从公交站一路走到了雪人所在的地方，静静地看了很长时间。事后想起来才觉得不对劲，父亲竟为了看一个雪人，走了那么远的路，以致耽误了本来要做的事情。他完全可以第二天再来，可他没有。只要父亲想到什么，他就一定要第一时间实现，而且要做到尽善尽美，为此他可以放弃其他任何事。

同样的事情还有很多。有一阵子父亲非常沉迷纸模，就是用纸做出各种各样的模型。他为了做好一个模型，往往会事先把材料准备出十份。做完一份，如果觉得不满意，他就会毁掉后再做一份。在我关于父亲的记忆里，他无休无眠地做纸模这件事占据了很大一部分。

后来，我慢慢想明白了，父亲的固执已经到了有些偏激的地步，这可能是一切悲剧的诱因。

父亲是一位围棋棋手。

早在父亲开始学棋之前，围棋就已被人工智能攻破了。国际象棋、围棋、星际争霸、德州扑克、麻将、狼人杀……一个又一个所谓"人类最后的堡垒"，都沦为了人工智能的殖民地。

然而这并不影响人们对这些智力游戏的喜爱。人们把机器排除在游戏之外，自娱自乐，同时也会利用机器辅助练习，提升技术。就像一九九七年卡斯帕罗夫与"更深的蓝"的人机大战没能终结国际象棋的生命一样，这类游戏依然红火，依然被视为人类智力的象征。

父亲是围棋天才。

十七岁时，他荣登了世界第一的宝座。二十岁时，他已经睥睨天下，等级分排名世界第二到第二十的棋手，没有一人能顶得住父亲细腻而又冷酷的攻势。媒体评价，父亲的棋风就像一条巨蟒，一点一点地缠住对手，直至对手窒息。

这种情况持续了好几年。后来，他有些心生厌倦，便把一部分精力从训练和比赛中抽出，去享受生活。就是在那个时期，他与母亲结婚，生下了我。

可父亲注定是个闲不住的人，不久之后，他又重回赛场，这次他找到了一个新的目标。

那时，围棋人工智能的开发已经停滞许久了。对于普通人来说，强大的围棋软件完全没有必要，机器的思维是难以理解的，还是人类围棋教师更和蔼可亲。而对于职业选手来说，目前的围棋软件所达到的高度已是一辈子都难以企及的，又何必去找一个更加强大的呢。

自然，也没有人在围棋这个项目上挑战机器。这被视为是浪费时间的，人何必要与跑车比速度？

除了父亲。

父亲向市面上销售额最高，最著名的"弈芯"软件发起了挑战。他疯狂地与之对练，不断地寻找软件中的漏洞，经过五年的精心准备，最终完成了这个看似不可能的任务。

比赛当天，父亲通过媒体的转播，当着全世界的面，一举将弈芯击溃。人类在时隔数十年后再一次在围棋项目上战胜了机器，这是父亲的巅峰时刻，也是全人类的荣耀。

接踵而至的是广告代言和综艺节目。那段时间，父亲成了一个备受欢迎的明星，他被视为全人类的骄傲，出场必然伴随着鲜花和掌声。然而，父亲就在赞扬声中迷失了自我。

父亲并不了解计算机。他真的以为自己站在了世界的顶端，殊不知赢了那款老旧的软件没有任何意义。

仅仅几个月后，一款新的对弈软件"塔菲"应时而生，它拥有最强的算力和最新的算法，厂商邀请父亲再次进行人机大战。

父亲坦然迎战。他的人机对战经验丰富，又做好了充足的准备，也许他的心里已经把这场比赛当作了又一场广告。

第一场比赛，父亲输给了塔菲。

第二场比赛，塔菲让了父亲一个子，塔菲胜。

第三场比赛，塔菲让了父亲三个子，塔菲胜。

后面的比赛自然没有进行下去，父亲黯然离开了赛场。

父亲无法接受这一事实。他无法理解世界上还有人能让他三个子这件事。他无数次地复盘棋局，却发现无论用何种挑剔的眼光来看，自己的走法都是最好的。那为什么对手会赢？

　　父亲本以为自己达到了棋手的顶点，无限接近并几乎等同于围棋之神本身，这时才发现自己是多么可笑。在机器面前，世界第一的棋手与刚学会规则的孩童原来没有区别。

　　如果父亲能够从这件事中领悟到什么，那么他会成为一个更加强大的棋手，或者一个哲学家，可是他没有。他选择了以结束自己生命的形式来逃避。

　　那一年我才七岁，还太小，没有立刻意识到发生了什么。是坚强的母亲忍住了悲痛，同时细心地照料我，让我得以健康成长。然而，就像小孩子会在某一天突然想明白自己终有一天会死一样，在某个寂静的夜里，我突然想明白了父亲死亡的真相。

　　父亲是因为惧怕而死亡。

　　这个想法彻底攫住了我，我不断思考，试图用我幼稚的脑袋想出一条解决方案，从这种恐怖的情感中逃脱，却没有任何效果。我根本无法逃脱。

　　从那之后，我开始害怕人工智能。我时常在午夜里惊醒，记不得梦的内容，却知道那是一个噩梦。我在听到别人谈论人工智能的未来时会非常心烦，有种想把对方打一顿的冲动。我讨厌科幻电影，在看到有关机器的内容时会感到恶心。

　　阮宏教授耐心地听完了我的讲述，沉思了一会儿，说道：

　　"梁铭，童年时遭受的心理创伤会在成年之后影响心理健康，很多心理疾病的成因都来源于此，恐机症也不例外。然而先不论成因，你的心理疾病本质还是源于对人工智能的恐惧，你在潜意识里害怕人工智能这样强大的东西。

"其实完全没有必要对人工智能感到恐惧。人工智能不是一个狭义的概念，不只是能与你聊天的机器人才是人工智能，事实上它存在于我们生活中的方方面面。你家里的微波炉、冰箱、防盗门，这些东西上都有智能芯片，可以算作人工智能，论智能水平，它们甚至比战胜你父亲的机器强得多，可你害怕它们吗？"

　　"不。"我摇头。阮教授说得有道理，我一点也不害怕冰箱和微波炉。

　　"那么强人工智能呢？真的值得害怕吗？"

　　阮教授兴致勃勃地向我讲解起创新理论。经过阮教授的解说，我渐渐明白了，创新精神是区别人与机器的重要一点。机器固然精准，能够从先验知识中快速学习，但缺乏创新能力。

　　"可是大多数人类也不会创新。"我说出了心中的疑惑，"创新精神是一种少见的品质，对于大多数人来说，重复的工作就是一切。我自己就不擅长学习新的东西，更别提创造新的东西了。"

　　"那就通过不断练习来让自己擅长吧。"阮教授鼓励我道，"这是战胜人工智能的最好手段。"

　　我跟阮教授聊了很久。他给我讲了很多人工智能的知识，他告诉我，想要击败对手，就要先了解对手。和他谈话很有趣，我忘记了时间，不知不觉中与阮教授交谈了好几个小时。我突然发现，我刚刚接触了和人工智能有关的话题很长时间，却没有感到任何生理上的不适。

　　临走的时候我向阮教授道了谢。我的病虽然还没有好，但仅仅在这里治疗了一次，心中的焦虑就缓解了这么多，让我相信总有一天顽疾也会被治愈。

　　后来，我时常去拜访阮教授。阮教授虽是个忙人，但这段时间一直都待在本市。一件令我有些意外的事情是，每次去的时候房间里都只有阮宏教授一个人。看样子他并没有带助手和学生，而是一个人来的。

与阮教授接触的时间越深，我越能感受到他身为著名学者一面的魅力。他十分博学，无论在什么领域上都能说出颇有见地的观点，几乎没有他不知道的知识。慢慢地，我与阮教授熟稔起来，我还注意到一些他生活中有趣的细节。阮教授经常穿年轻人喜欢的时尚品牌，还喜欢看时下流行的影视剧。阮教授时常表现出对我的羡慕，因为我正值青春年华，而他空有年轻的心，身体上却已不再年轻。

阮教授对我使用的治疗方法是系统脱敏法。在治疗过程中，阮教授让我逐步接触不同层次的人工智能，不断深入地暴露在自己害怕的场景中，来对抗焦虑的情绪。久而久之，我对大多数的人工智能都不再反感，几乎可以说是痊愈了。

这天，我又去拜访阮教授。这次阮教授直接拿出了围棋对弈软件，让我跟它下棋。我很轻松地与之对战，虽然每次都输了，但我的心里没有任何不适的情绪。

"梁警官，你很厉害，"阮教授赞赏我道，"你好得比我想象的还要快。你其实是一个内心坚韧的人。"

就像是在奖励我一样，阮教授拿出了一些小蛋糕摆在桌子上。令我惊讶不已的是，他这里居然有慕斯蛋糕和舒芙蕾松饼这种受女生喜欢的精致糕点。我欣然品尝了一块，味道还不错。这可能也是我喜欢来见阮教授的原因，他总能准备一些很好吃的东西。

"您过奖了，"我说，"我应该好好谢谢您。这些天我在阮教授这里学习到了很多东西，就像又回到了学生时代一样，只不过这次我是一个认真学习的好孩子。我都有点羡慕您的学生了，如果能当阮教授的学生该是件多么幸福的事情。"

这些在阮教授心理咨询室度过的时间，是我生命里为数不多的快乐时光。虽然按年龄来算阮教授足以做我的父亲，但我和他意外地聊得来。最后，倒不像是我来治病，而像是两个朋友在聊天。

阮教授似乎被我的话启发了，他高兴地拍了拍手。

"梁铭，我突然有了一个想法。"阮教授用期待的目光看着我，"既然你说在我这里学习到很多东西，不如你和我一起分析分析其他案例，我希望能听听你的观点。当然，这对你的恢复也有所帮助。"

"好啊。"我欣然同意了。

"我要给你介绍的是我非常重视的一个病例。"阮教授严肃道，"可以说，你和这位患者是我最用心的两个病例了，我在你们身上倾注了非常多的心血。"

那之后，阮教授向我简单介绍了这起病例。阮教授毕竟不是心理学专家，所以他隐去了跟人工智能无关的疾病诱因，例如幼年时代的不幸经历，只是向我介绍患者的异常症状。

患者表现出对人工智能强烈的恐惧，认定十年之内人类必将沦为人工智能的奴隶，号召周围的人全力抵制人工智能，并经常认为自己处于人工智能的迫害之下。患者认为自己是先知型的角色，有让人类觉醒的使命，因此遭到了人工智能追杀。

"这人有被害妄想症，"我一下子得出了结论，"好像跟人工智能关系不大，完全是患者自己的精神问题。"

"未必如此，"阮教授摇了摇头，"的确，患者患有严重的被害妄想症，这种病症的患者一般都有着敏感的性格，容易猜忌，缺乏安全感。然而，这位患者猜忌的对象却是人工智能，为什么人工智能会引起猜忌？说到底，是对人工智能的认知出现了问题。人工智能不是一种优越于人类的生命体。仔细想想，即使是最新的强人工智能，和一堆用蒸汽、木头、丝绸组成的机械装置又有什么区别呢？它不比机械装置更好地理解自身的所作所为，无非是电流或量子运动的速度比其他形式更快，所以可以比机械装置更迅速地传递信号，解决更复杂的问题。无论用于何种用途，人工智能本质上还是一种工具，没有人会猜忌冰箱或电视等工具，而对人工智能的猜忌却屡屡出现。"

我忽然意识到，不久之前我也曾抱有类似的心态，只不过没这么严重而已。

"人工智能和冰箱还是不一样的，"我想了一下然后说道，"人工智能会思考，而且具有学习能力，这点和人类一模一样，甚至在某些方面超越了人类。"

阮教授马上做出反驳。

"我也认为自主思考是人类作为高等生命体的重要标志。可人工智能的'思考'只属于物质世界的范畴，是一种机械的物理的过程，无法跨越到意识的领域。"

"不对。"我想到了之前在科普书里面看到过的内容，"这么一说，人类思考的过程又高明到哪里去了？如果按照机械论的思想，人思考的过程也不过是大脑内某些分泌物的移动而已，与一台机器内部进行的逻辑判断又有什么区别呢？"

"居然扯到人脑上了，"阮教授微笑着说道，"不得不承认，人脑的复杂程度实在超乎想象，即使跟人类差不多的人工智能被研制出来，人脑的奥妙都没有被揭开。顺便说一句，我讨厌用机械论的观点去看待人脑，意识的诞生和量子理论有关，而量子理论恰恰是最不确定、最不机械的。人工智能的学者多半对人脑抱有敬畏，因为他们知道自己所研究的东西距离人脑的差距太远了，连拙劣的仿制品都算不上，只不过面对特定的情况时效果差不多而已。人工智能的意识、自由意志、审美能力、幽默感都是用数据模拟出的假象，即使最终的效果相同，也不能认为人工智能和人脑一模一样了。举个例子，我们要抓一个谋杀犯，第一位警察很聪明，他采用的方法是利用人际关系以及现场证物来构建逻辑推理，锁定凶手。第二位警察腿脚快，他详细地调查了世界上每一个人，并验证其是否有作案的可能。不错，运气好的话两位警察最后都能抓住凶手，然而能说这两位警察是一样的吗？"

"如果最终的结果是一样的，过程如何又何必在乎？"我又问道，"如果机器可以用中文回答问题，那么纠结于机器是否理解中文有什么意义？别管人工智能和人脑的运算过程相不相同，单从结果来看，人类能做到的事情人工智能可以做得更好。这足以引起人们的恐惧了。"

"你似乎忘了受限定理。"说这句话时，阮教授眉毛扬了一下，"人工智能不是无所不能的。"

确实，这句话让我无法反驳。我一时间不知道该说些什么，愣了一会儿，最后摇摇头，又叉起了一块蛋糕放在嘴里。

"你知道停机问题吗？"阮教授问道。

"不清楚。"我回答。

"那也许你听说过理发师悖论吧？如果存在一个理发师，他只给不能给自己理发的人理发，那么他能不能给自己理发？这个问题很令人头痛。其实这是在用反证法证明那位理发师并不存在。

"而停机问题说明了不存在一个程序能判断其他程序的运行时间，因为如果存在这样的程序，它就和那位理发师陷入了同样的境地。

"我们利用反证法。假设有一个判定程序 B，它的输入是程序 A，作用是能够判断 A 程序的运行时间，B 的输出结果有两种，一种是 A 程序的运行时间是有限的，另一种是 A 程序的运行时间是无限的。

"那么我们编写一个程序 C，它的输入是程序 B，C 里面的运行流程是这样的，如果 B 给出的结果是有限，就让 C 进入死循环。如果 B 给出的结果是无限，就结束掉程序 C。也就是说，只要 A 的运行时间有限，C 的运行时间就无限了，反过来，A 的运行时间无限，C 的运行时间就有限了。

"现在我们得到了一个非常奇怪的程序 C，C 的输入是一个程序，如果这个程序的运行时间有限，那么 C 的运行时间无限。如果这个程序的运行时间无限，那么 C 运行时间有限。那把程序 C 自己作为程序 C 的输入会怎么样？无论程序 C 的运行时间有限还是无限都不对了，出现了严重的矛盾。那么根据反证法，假设是错误的，不存在判定程序 B。也就是说，不存在一个程序能判断其他程序的运行时间。

"停机定理告诉我们，不管计算机的计算能力有多强，算法有多么先进，停机问题都无法解决。也就是说，即使计算能力无限大，我们依然无法解决所有的问题。这条定理给了我很大的启发。"

我细细品味了一会儿阮教授所说的停机问题，觉得很有意思。假设有一位警察，只逮捕不能逮捕自己的人，那么他能不能逮捕自己呢？

"很早之前就有数学家从逻辑上证明了意识不可能由图灵机算法产生。"阮教授接着说道，"受限定理并非我一个人的功劳，我从很多前辈那里获得了灵感——理发师悖论、停机问题、哥德尔不完备性定理……这么看来，虽然受限定理的原理详细描述起来很复杂，但从结论上看却是非常自然的。

"现在回到我们的主题上，既然意识不可能由图灵机算法产生。类似的，受限定理也表明了人工智能做不到的事情，而这些是人类轻而易举就能够完成的。纵然我们借助了新式计算机恐怖的算力和最新的算法，提升了计算速度，做出了能通过图灵测试的强人工智能，它们还是无法匹敌人类，而且永远无法匹敌。

"那么这些东西还有什么好怕的？"

听完了阮教授的说明，我想到一件有趣的事。

"这么说来，恐机症的患者只要学习一下受限定理就好了。"我笑着说，"受限定理包治百病。"

阮教授哈哈大笑。

"我也这么觉得。"

阮教授又拍了一下手，然后双手合十。这应该是他的习惯性动作。在他拍手的时候，我注意到他的无名指上有一个不明显的痕迹。

"接下来，我还想说明一下我遇到的另一起病例。"阮教授继续说道，"患者表现出对人工智能超乎寻常的尊崇，认为人工智能无所不能，是宇宙诞生的意义和终极答案。患者把人工智能当作一种信仰，对其他的科学、宗教、哲学观点嗤之以鼻，甚至表现出单一神崇拜的迹象。患者对人类极其不信任，认为人类是劣于人工智能的生物。同时，患者有强迫症，即使是一些小事（甚至是上厕所的流程这种事情），也要用机器分析出最佳方案后再执行。"

"和病例一完全相反嘛，"我说，"病例一是人类派，这个是人工智能派。如果说病例一是恐机症，那病例二应该叫作恐人症了。"

"你说得很对。"阮教授赞同道，"乍一听'恐人症'这个词语有点可笑，不过这个词早已有之，最早是社交恐惧症的意思，但在新时代它被赋予了新的含义，现在常用来描述与人工智能接触时无问题，而与人类接触时产生不适的人。"

"这倒是挺常见的。"我说，"几十年前就有了，喜欢宅在家里借助计算机和网络与虚拟人物相处，对现实生活不屑一顾的人。只不过现在智能技术更加发达了，又有了显像这样可以与外界交流的手段，就算一辈子不见人也没什么大不了的。"

"而且有正反馈效应。"阮教授总结道，"越不与人类接触，与人类接触时就越容易产生不适，就越不愿意与人类接触。同样，与人工智能的接触时间越长，就越适应人工智能的节奏。"

"这一方面我大概了解了。"我点了点头，"那对人工智能的崇拜又是源自何故呢？也许还是对人工智能不够了解吧，如教授您刚才所说，与人脑相比人工智能还差得远呢。"

"对人工智能有足够了解的人自然不会出现相关问题，正如心理学家很少有人患上心理疾病。"阮教授说。

不过如果真的出现了这种情况，那就是非常麻烦的病例了，我心想。心理学家患上心理疾病是很可怕的。

阮教授并不知道我心里在想什么，还在兴致勃勃地讲着。

"除去对人工智能不够了解这方面的原因，人类为什么觉得人工智能要更加优越呢？这也是案例一和案例二的共同之处，患者潜意识中都觉得机器比人做得更好。

"解答这个问题要从人工智能的原理开始说起。现在的人工智能技术是基于统计学的，都是从数据中构建模型。从某种程度上来说，人工智能是在模仿人类作为一个群体时其中的大多数所决策出的动作。

"既然人工智能本质上是在模仿人类，为什么最终会比人类更强呢？这要从图灵测试的定义开始说起。图灵测试指在测试者（人）与被测试者（机器）隔离的情况下，测试者通过一些装置来向被测试者提问，如果测试者不能区分对面是人还是机器，那么就说这台机器通过了图灵测试。能够通过图灵测试的机器，被认为拥有较强的智能。

"你有没有发现一个问题？要通过图灵测试，不是要表现得越强越好，而是要表现得越像人类越好！假设你问受测试者，圆周率小数点后的第一千零二十四位是什么，机器的最佳回答应该是'不知道'，即使机器可以瞬间得出答案。你问机器，觉得爱伦坡的《乌鸦》这首诗怎么样，机器应该注意到一个现代人不会对几百年前的落魄诗人感兴趣，所以最佳回答应该是'完全没听过'才对。

"这样一来图灵测试就显得有点愚蠢了。构建一个人工智能，为什么一定要维持在和人类一样的水平上？科学的目的是使人类的生活变得更便利，显然超越人类的人工智能才是更被需要的。因此，才有人去研究棋类游戏程序这样在某一领域超越人类的人工智能。不过，既然人工智能是从人类的知识中去学习的，又怎么能青出于蓝呢？很简单，只要向某一领域最顶尖的人类学习就好了。

"现在的机器显然能够区分蝴蝶中的断眉线蛱蝶和重眉线蛱蝶，这是怎么做到的呢？首先让蝴蝶专家把这两种蝴蝶分类好，然后将分类好的蝴蝶图片输入机器，让机器自己去学习，只要数据足够多算法足够好，最终机器区分蝴蝶的能力比人类蝴蝶专家还要强。

"这就又带来了一个新的有趣问题，我们如何鉴别人工智能的决策是对还是错呢？机器区分蝴蝶的能力比人类专家还要强，假设有两张图片，分别是两只长相极其接近的断眉线蛱蝶和重眉线蛱蝶，而且背景和蝴蝶的颜色很接近，图片还有点模糊，人类专家无法区分这两种蝴蝶。幸运的是，机器可以轻而易举地区分两者，然而我们怎么知道机器鉴别的结果是对还是错？我们无法反过来学习机器区分蝴蝶的方法，因为基于数据、利用统计方法训练出的人工智能缺乏可解释性。机器只能告诉你结果，却不能告诉你原因。

"在实际生活中，我们想使用一个区分蝴蝶的机器，只要在测试时它的准确率达到一定程度，就可以放心地使用这个机器了。可人类总有这样那样的担忧，因为人类无法鉴别这两种蝴蝶，就算机器分辨错了也没办法发现。人总是更信任自己，所以即使机器在统计意义上做得更好，也无法消除人的戒备心理。这跟担心坐飞机是一个道理，人们总觉得坐飞机比坐汽车更危险，实际上飞机出事故的概率远远低于汽车事故的概率，然而，汽车是自己能够控制的，自己却无法掌握飞机的控制权，所以会担心飞机出现事故。现在不是也有拒绝自动驾驶，一定要手动控制汽车的人吗？

"再举一个视频造假的例子。现在人工智能可以很轻松地伪造出一个视频，而人类无法分辨出视频的真假。我能伪造出你发表恐怖主义言论的视频，也可以制造出别人女朋友的色情视频，关键是其他人没有任何办法判断视频是真是假，或者说不管怎么看那都是真实的视频。

"只剩下一个可悲的方法了，再制造一个机器来专门检验视

143

频是真是假。现在伪造视频和辨别视频的过程变成了机器一方的斗智斗勇，跟人类彻底无关了。同时，机器也在不断进化，由于有了对手的存在，无论是伪造视频的手段还是辨别视频的手段，都在越变越好，也距离人类越来越远。

"随着时间的推移，人类慢慢地对这种现象释然了。毕竟普通人就算没能深入地理解比人类跑得快的汽车的实现原理，也能心安理得地坐车。所有人最后都坦承，人工智能比人类更强，因为它们能够做到人类无法做到的事情，而人类无法理解其原理。所以才会有人表现出对人工智能的崇拜。"

我放下了手中的蛋糕。好像有点吃多了。阮教授一块都没吃，让我很不好意思。

"阮教授，您解释得很好。"我说，"您从病例一引出人工智能不如人类的结论，从病例二引出人工智能比人类更强的结论，两个结论看似矛盾，实则共通。"

"对，都是针对特定领域来说的。"阮教授赞同道，"人工智能不是无所不能的，正如人类也不是无所不能的。"

说到这儿，阮教授看了一眼时间。不知不觉间已经到了晚上。

"好了，今天就先到这里。"阮教授说，"你刚才做得很好，我想已经没有什么问题了。时间也不早了，早点回去休息吧。"

我站了起来，跟阮教授道别后向门外走去，可是没走几步又停下了。就这么走了吗？我心里纠结一件事。要不要直接问出来呢？但是太不礼貌了吧？

"怎么了？"注意到我欲言又止的样子，阮教授亲切地问了一句。

"阮教授，"我又回到了座位上，"打扰到您了，感谢一直以来您的照顾。"

"怎么突然说这个？"阮教授不明所以地说道。

"之前都是阮教授您在为我治疗，"我叹了口气，"但是现在，我想谈一谈您的问题。"

7

我不喜欢密室杀人。

我一点也不觉得这种案件有趣。在密闭的房间死者被谋杀，凶手来无影去无踪，警察和侦探毫无头绪，这有什么趣味可言？

可惜，即使不幸遇到了这种事情，也必须要想个办法解决。我再次观察房门，是老式的，没有电子装置，是自内侧上锁的，这条结论确定无疑。

我又重新走回内间，检查床上的尸体。尸体背朝上倒在床上。死因应该是头部受到重击，死者的头部被击打多次，凶器无疑是那具拿破仑雕像。

见鬼，怎么又是雕像？这雕像是从哪儿来的？

我静静看着孙庆亦的尸体。这个人身上还有好多疑点。他在第一起凶杀案中扮演着什么样的角色？昨天夜里他在和谁谈话？他有没有攻击其他人的计算机？现在这些全都没法问他本人了。

"没有反抗的痕迹。"千帆在我身后轻声说道。

听到这句话，我怔了一下。千帆说得很对，雕像直接砸中了死者的后脑，除此之外，尸体上没有任何的伤痕。如果当时死者处于意识清醒的状态，很难被一击致命，至少应该反抗一下。只有一种可能，死者被击打时已经失去了意识。

除此之外，尸体被整齐地摆放在床上，而床上也显得并不凌乱，显然死者是被直接放在床上的。是死后运到床上的吗？

尸体还是温热的，可见刚死不久。现在是十二点二十分，从尸体的状况来看，死亡时间约为十二点，前后不超过十分钟甚至五分钟。那么，风沐第一次去找死者时，他才刚死甚至没有死，很可能凶手仍在房间里。

我环顾四周，内间的布局很简单，只有一张床和一张小桌子，没有什么值得特别注意的地方。我又把注意力移到外间上。

外间的东西就很多了。

我首先关注的是孙庆亦的计算机，之前我所提出的问题的答案很可能就在这台机器中。

研究所的众人刚刚闻讯而来，正不知所措地站在门口，我把魏思远叫了过来，让他检查一下这台计算机。

魏思远操作着机器，不一会儿就皱起了眉头。

"奇怪，里面什么都没有。"魏思远不解道，"所有的数据都被删除了。"

如我所料。这种情况我已经见怪不怪了。

"能恢复吗？"我还抱有一丝希望。

"不能，"魏思远摇头，"删得一干二净。"

我让其他人都先回各自的房间，然后暗自思忖起关于数据的问题。

第一起案件。案发前，凌舟的计算机遭到攻击；案发后，凌舟的手机损坏了，他的部分研究成果不见了，福尔摩斯机器的运行记录丢失了。

两起案件之间，监控摄像被关了。

第二起案件。案发前，风沐的计算机受到攻击；案发后，孙庆亦计算机中的数据消失了。

这其中有没有什么联系呢？我隐隐约约地感觉到，这些和数据相关的问题，是这起案件的关键。

我先把这个问题放在一边，转而去看房间里的其他物品。

"千帆，"我一边打量房间，一边问千帆，"你遇到过密室杀人案吗？"

"没有。"千帆对我的行为感到好奇，"你在做什么？"

"我在寻找。"我说，"既然存在密室，就一定存在密室的成因。我相信无论以何种方法构成密室，都会在现场留下某种痕迹。"

桌子上的物品没有什么特殊之处，计算机也已经检查过了。我把目光移到书柜上，首先注意到书柜上摆着一个棕色的小瓶子，里面装着液体。这种瓶子不应该出现在书柜上。我猜到了那可能是什么，于是没有碰它，等鉴识人员来了再作打算。这个小瓶子给了我一些启示。

"你是说，"千帆在我身后追问，"这里面有某种道具，能帮凶手把房间反锁住？"

"可能性很大。"我说。

书柜上的书并不多，只是稀稀拉拉放了几本，跟沃森庞大的书柜相比简直不值一提。里面的书都很常见，看上去也没有机关。

我叹了口气，转身对千帆做了一个无奈的手势。

"对了，你现在身体没事了吗？"我想起千帆上午时的样子，"那会儿是怎么了，吓我一跳。"

"我也不明白。"千帆也感到奇怪，"我回房间睡了一会儿，之后就没事了。"

"你一直待在自己的房间吗？"

"嗯，"千帆说，"我一直在睡觉，直到风沐叫我说出事了，我才赶过来。"

千帆回房间休息大约是十点半。我跟千帆分开之后，先去见了沃森，又去了监控室。直到十二点左右，风沐找到了我。

此前，风沐发现自己的计算机被攻击，是在十一点五十左右，她发现攻击指令来自孙庆亦的计算机。她立刻去找孙庆亦，但是房间紧锁，无人应门。之后她找到我，我们一起来到了孙庆亦的房间。

从尸体的死亡时间来推算，风沐第一次去找孙庆亦时，凶手很可能还在房间里。

凶手是在什么时候离开房间的？

我最先想到的是，凶手一直潜伏在房间里，尤其是外间。我和风沐破门而入后，我很快就进入了内间，并一直在那里查看尸体，而风沐跑去找千帆了，如果这时候凶手从外间逃出去，是没有人会注意到的。

问题是，外间没有任何地方可以藏人的，各种物品的摆放一目了然，根本没有隐蔽的空间。也正由于这个原因，我才放心地进入内间。

凶手是怎么离开房间的？房门是从内锁住的，而且这种老式房门，很难在不损坏门的情况下用技术手段破解。

孙庆亦不用电子门是个正确的选择。这个研究所里面的设备频频被攻击，电子门的确不安全。然而，老式房门也并没能保护他，凶手就像一个不受物理规则限制的鬼魂，穿墙而过，带走了他的生命。

我继续检查房间。书柜旁放着一沓沓文件。我大致看了一下，都是科研资料，看不太懂。但是我没在其中发现和福尔摩斯机器相关的资料。

这些文件是直接摆在地上的，这一点非常奇怪。为什么要把文件扔在地上呢，放在桌子上不是更好？除非有人移动过它们。

不过，这似乎和密室的关系并不大。我先把这些文件拿在手里，打算一会儿再问问这里的工作人员。

现在房间里只有一处没被检查过了。

此时，千帆恰巧和我的思想一致，我们都在饶有兴致地盯着角落里的大保险柜。

"我记得上午的时候我们也谈到过这个保险柜，"千帆回忆道，"但那时孙庆亦并不想多说。"

保险柜很高，足有一米，不，至少一点二米高。

一瞬间我有了一种想法，凶手会不会躲在保险柜里，然后趁我走到内间的时候逃离房间？

很快我就把这个想法否定了，保险柜虽大，但躲进一个成年人是完全不可能的，除非小孩子才能勉勉强强地躲在里面。研究所里可没有小孩子一样身材的人。

"要是能直接打开就好了，"千帆在一旁自言自语道，"保险柜里面放着什么呢？"

"我有一个大胆的推论。"我说，"房间里的其他物品都已经检查过了，没有发现和密室有关的东西。那么有理由相信，密室的构成和这个保险柜有关。"

我走上前去，试着拉了一下保险柜的把手。

保险柜居然没有锁！

我和千帆对视了一眼，然后一点一点地拉开了柜门。

然而，眼前的一幕再次出乎了我们的意料。保险柜中空空如也。

不，不是完全空的。保险柜的底部放着一张纸条。我捡起纸条，上面有一行小字。

停止。或者我们让你停止。

落款是反福尔摩斯机器化协会。

第三部　智能推理机 —————

1

我把纸条攥在手里，几乎要揉碎了。这个协会到底是什么东西？难道第二起案件也与它有关？

一团乱麻。

我刚刚报了警，远山分局马上会派来支援。我已经预料到局长会不留情面地将我数落一顿。我在现场滞留了一晚，不仅没有破案，受害者反而增加了一个。

然而，现在还不是想这些的时候。我努力驱散心中的挫败感，打起精神，继续调查这起案件。

在这个研究所里，最有可能与反福尔摩斯机器化协会有关的就是孙庆亦本人。今天上午对他进行询问的时候，他明显在掩饰些什么。会不会是他知道了什么，才被凶手灭口了？

另外，从秦欣源的描述来看，凌舟也隐瞒了一些东西。无论是福尔摩斯机器的开发过程，他对博物馆那个机械装置的设计，还是他留下的"他们会是凶手"这句神秘的话，都藏有太多的秘密。

不论是什么秘密，都和他的死亡脱不了干系。

我看着孙庆亦的尸体，又想到了凌舟的尸体，心底涌起一丝悲哀。这又是何苦呢？

我的思绪越来越游离，这时千帆的声音把我拉回了现实。

"梁警官，"千帆好像有点欲言又止，"或许是我的错觉吧，但我还是觉得……"

说到这儿，她又停住了。

"没关系。"我说，"你有什么想法大胆说。"

"我不太确定。"千帆的声音带着困惑，"刚到这个房间时，我感觉到有一点不对劲，就像……一种不协调的感觉。"

"是吗？"我并没有这种感觉。

"上午的时候我们一起来过这个房间，可就在刚才，当我再一次进入房间时，总觉得哪里不太对劲，但我又说不出来是哪里不对。"

"是房间里的摆设变了吗？"我说，"可我不觉得有任何变化。"

"不是摆设的变化。"千帆摇头，"我记忆力很好，这里的物品和上午没有任何区别。但是……"千帆又犹豫了，"应该是我的错觉。"

我不认为那是错觉。千帆的感官非常敏锐，这一点她远胜于我。也许真的有什么地方我们忽略了。

"别着急。"我安慰她，"说不定什么时候就会想起来了。"

"只能这样了。"千帆沮丧地说道。

"这里检查得差不多了，我们还是出去吧。"我说，"这个房间的气氛太沉重了。"

我和千帆来到研究所一层的大厅。第二起凶杀案使得所有人的心情都很低落，大家都没回各自的房间，而是在大厅里或默不作声地坐，或彼此之间小声地交谈。

千帆想直接进去，我一把拉住了她。

"别急。"我说。

这是一个观察的好机会。

我一直认为，当确定一群人中间有一个是犯罪者时，锁定其身份的最好方法就是观察。在实施犯罪行为之后，人的心态会发生某种变化，这种变化会导致其行为模式和正常情况相比有较大的差异。

这群人里面最先引起我注意的是李岸。他坐在沙发上，没与其他人交谈，脸上的神情虽与平时无异，一些细节动作却暴露出了他此刻的躁动不安。李岸的双手时不时会做出小动作，调整领口、揉鼻子、挠头发。在我看来，与其他人相比，李岸此刻的情绪最不稳定。

另一个一言不发的人是魏思远。他沉默地站在一边，眉头紧锁，不知道在想些什么。刘百箴、风沐、魏思远三人站在一起。刘百箴和风沐正积极地讨论，时不时地会询问魏思远的意见，然而魏思远只是以点头、摇头的方式回应，没有加入讨论的意思。

这么看来，刘百箴和风沐的表现也有些异常。他们说的话太多了，尤其是风沐。即使是健谈的人，会在有人被杀害之后还滔滔不绝地讲话吗？

沃森站在刘百箴的身后，他想和刘百箴说话，又不好打断自己的老板，屡次欲言又止，动作有些局促。同时，他的表情也暴露了他对刘百箴和风沐的交谈感到厌烦。

秦欣源一副看透了生死的样子，闭着眼睛坐在一旁的角落里。不知怎的，看到她之后我心里一阵悸动。我再次明显地感受到这个女人因为案件而产生的极端变化，研究所的员工里面，和平时相比变化最大的或许就是她。

杀害孙庆亦的凶手就潜伏在这些人之中。

是哪一个？

我又观察了一会儿，最后走进客厅。刘百箴立刻注意到了我。

　　"梁警官，千帆警官。"刘百箴快步走到我的面前，"怎么样？"

　　"又出了这样的事情，我很抱歉。"我说，"现在已经有了一些线索，但破案还需要些时间。"

　　"梁警官。"刘百箴露出了为难的神色，"我们已经拖不起了。现在又损失了一个核心成员，这样下去我们的项目恐怕……"

　　一旁的魏思远一下子站了起来，一反刚才的沉默。他的脸色很不好，简直快与他的黑色衣服连成一体了。

　　"警察到底在做什么？"他大声斥责道，"你们是废物吗？不仅没破案，还又死了一个人，难道要等到我们全都被杀死才破案吗？"

　　他越说越生气，简直要冲到我的面前了，好在最后被沃森和风沐拦住。

　　千帆见状想为我说些什么，我对她摇了摇头，然后上前一步说道："诸位先不要激动。我承认自己未能在第一时间破案，但有件事我想要声明。"

　　"刘老板，"我对刘百箴说，"事到如今也不好再隐瞒了，可以把你跟我说过的那些话说出来吗？"

　　刘百箴的脸色铁青，但还是点了点头。

　　"我从刘老板那里得知，这个研究所的外部安保措施非常好，绝不可能从外部潜入。"我说，"昨天凌舟去世的时候，研究所里面只有在座的诸位。那么，如果说凌舟的死是谋杀，凶手就在你们之中。"

　　此言一出，众人皆惊。除了刘百箴以外的所有人都用可怕的眼光看着我。

"梁警官，这话不妥吧。"沃森的眼珠一转，突然发问道，"我们这里的人和凌舟有着共同利益。凌舟一死，项目要停摆很长时间，甚至有人可能会丢掉工作。在这样的情况下，有谁会杀死凌舟？"

"你说得虽有道理，可人心着实难以揣测，而且事实就是有人被杀害了，同时没有外人能进入研究所。"我说，"凌舟的死目前还不能断定为谋杀。但第二起案子，孙庆亦显然是被谋杀的。同样，这个研究所里只有我们几个人。我非常明确地告诉诸位，杀死孙庆亦的人就在我们之中。"

或许是事实就在眼前，这次没有人立刻反驳我。

"还有一件事也值得强调，"我继续说，"案发前，刘老板收到一张字条，是一封威胁信，署名是反福尔摩斯机器化协会。同样，这张字条也只能是研究所内部人员寄出去的。可在我询问的时候，没有人说过自己与反福尔摩斯机器化协会有关。而且，在第二起案发事件的现场，我也找到了同样的字条。

"诸位，"我加重了语气，"你们怪我没有早点破案，可是你们真的对我坦陈了所有事实吗？我知道很多人都对我有所隐瞒。那我再问一次，有没有人与这个协会有关？"

当然，没有人承认这件事。我自然不觉得会有人傻到自己直接承认，只是想观察众人在我提及协会时表情上的变化。

我一下子就得到了想要的答案。是李岸。在我说出那句话的一瞬间，他本就局促的表情变得更加局促了。我很确定他与反福尔摩斯机器化协会有关，但现在我不想直接点破。

"我再强调一次，"我说，"凶手就潜伏在我们中间。除了凶手以外的人没有必要撒谎。你们的秘密我并不在乎，过去发生的事情我也无意去计较。我只想抓到凶手。任何的担心都是多余的，你们完全可以放心地向我坦白。"

我用余光瞄了一眼李岸。听到我的话，他的眼睛不自觉地眨了几下。

"这话说得真难听。"魏思远哼了一声，"你就这么认定我们中有人欺骗了你？谁不想快点抓住凶手？"

"此言差矣。"我说，"魏先生，就拿你来说吧。带有你字迹的草稿纸为什么会出现在凌舟一案的现场？这一点你还没有给出解释。"

"这是……"魏思远一时语塞，"我真的不知道，这是陷害！"

"是不是陷害就交给我来判断吧。"我说，"我只是希望诸位不要隐瞒什么。我知道有人可能会有苦衷，不想当面说出来。没关系，一会儿可以单独找我聊聊。如果始终不坦白，恐怕会惹上很大的麻烦。"

孙庆亦就向我隐瞒了很多东西，如果他把一切都告诉我，很可能就不会死。但事到如今再想这个也没有用了。

"刘老板，"我问刘百箴道，"昨天下午我第一次去见你时，孙庆亦在跟你交谈，那个时候你们到底在谈些什么？现在没有保密的必要了吧。"

"那时候，孙庆亦希望我不要向警方交代福尔摩斯机器项目的事情，"刘百箴说，"他担心告诉警方的话，会导致我们项目的情报被泄露出去。当然，我拒绝了他的请求。毕竟出了人命，破案是最重要的。"

我点头表示赞同。

"那么现在我要调查另一件非常重要的事情，"我说，"就是大家中午时的活动。中午十二点前后，你们都在哪里？"

回答很一致。风沐那时的行踪我已经清楚，而在其他人里面，除了沃森以外，大家都是刚吃完饭，回到了自己的办公室。这几个人似乎没有聚在一起聊天的习惯。

"我在博物馆里。"沃森说他当时在欣赏博物馆里的藏品。

案发的时候，所有人都是独处的。这下难办了，每一个人都有嫌疑。由于监控摄像被关掉了，在这方面也不可能得到丝毫的线索。

"雕像。"千帆在我身后小声提示道。

对了，沃森当时在博物馆里。

"你有没有注意到拿破仑雕像？"我追问道。

杀死孙庆亦的拿破仑雕像就是从博物馆中拿出来的。雕像一共有六座，一座作为凌舟案的证物被拿走鉴定了，剩下的五座都还放在博物馆。而孙庆亦的案件中，再次有人使用雕像作为凶器。凶手从博物馆中取走剩余雕像中的一座，并用它杀害了孙庆亦。

"这个……我没注意啊。"沃森无奈地说，"雕像放在博物馆的不同位置，博物馆那么大，我哪能注意到所有的雕像。"

他说得有道理。正因如此，雕像是什么时候被凶手拿走的尚不得而知。

我确信，使用雕像作为凶器，对于凶手来说一定有着某种特殊意义。这可能和凶手的杀人手法甚至密室有关。

不过，眼下还有更实际的问题需要解决。我拿出刚刚在孙庆亦房间里发现的那一沓文件。

"这是在现场发现的，有谁知道这是什么吗？"

"看起来像是一些研究数据。"风沐拿起了一份文件，"和我们的研究项目相关。孙庆亦不喜欢以电子形式来存储，他喜欢用纸打出来。"

"嗯，不错，"刘百箴看得很仔细，"是研究数据。"

161

不过很快，他的脸色一变。

"你们先把这些资料给我吧。"刘百箴把文件从其他人的手里拿走，"我对这里的项目情况总体上是最了解的，我先整理一下，看看有没有什么重要内容。"

刘百箴向我使了一个眼色，我心领神会。

"那就都先给刘老板吧。"我说，"之后再把结果告诉我。"

我知道，刘百箴一定是有了重大发现，又不想让这里的其他人知道，才说出了这样的话。关于这些文件，我其实有一个很好的猜想，而刘百箴的举动证明了我的猜想很可能是正确的。

这时突然响起了一阵铃声。我正感到不解，刘百箴摆了个手势，示意我不必奇怪。原来是门口的传感器捕捉到有人到了门口。是远山分局的支援到了。刘百箴给他们开了门，王警官和其他几位警员风尘仆仆地赶了进来。

"辛苦了。"我说。

王警官摆了摆手。

"真是一个糟糕的假期。"他说，"别多说了，赶紧干活吧。"

我表示同意。我让众人先回自己的房间，等待之后的安排。

就在这时，许久不说话的秦欣源突然站了起来。

"梁警官，"秦欣源说，"真的还有机会查明真相吗？"

这个问题似乎存在于所有人的心里。我望着众人的眼睛，看到了不一样的目光，怀疑、悲哀、胆怯……

"一定可以。"我说。

"梁警官，"秦欣源对我的答案并不满意，"说实话，我并不怀疑你最后会找到那个答案。但是你有没有想过，你苦苦寻找的真相，有没有可能对大家反而是一种伤害呢？"

这话什么意思？我思考着"伤害"的意义，一时间竟愣住了。

我感受到秦欣源瘦弱的身体里面发生了一种强烈的转变，此刻她一反此前的哀伤，女性气息十足的脸上是一种坚毅的表情。她几乎是带着一种决然的情绪在问我了，就像如果我无法给出回答，她就会走向毁灭一样。

　　我说出了自己的答案。

　　"事实永远是存在的，掩耳盗铃没有任何意义。"我说，"无论那个真相是什么，我们终究都要面对。"

2

王警官很快给出了尸体的检验结果。

"你的判断是对的，死亡时间是十一点半到十二点半之间。更精准的时间要等到尸体解剖之后，不过我觉得不会精确太多。"

"死亡原因呢？"

"脑后的重伤。"

"能看出被击中时死者是否处于昏迷状态吗？"这是我最关心的。

"咦，你的直觉很准啊。"王警官惊讶道，"不错，死者受到重击时已经昏迷了。至于昏迷的原因，应该是……"

他把一根像缝衣针一样很细的仪器先后放入尸体的口部和鼻部。

"这次我带来了高科技。"他满意地说道，"它能检测出化学物品的残留物，无论浓度多低。"

仪器和戴在他手上的执行终端之间有网络连接。几乎是同一时间，终端上就显示出了结果。

"果然，是吸入气体导致的昏迷。"王警官对我一笑，"你猜是什么？千帆你也可以猜一猜。"

"是乙醚吧。"我说。

"显而易见。"千帆补充。

“你们是怎么知道的？”王警官再次惊讶了，“我还以为你肯定说是魔气呢，毕竟第一起案件死者的死因就是吸入魔气。”

“因为现场发现了装乙醚的瓶子。”我指了指放在外间书柜上的棕色小瓶，“我一下子就看出来那是乙醚。”

“这样啊。”王警官走到书柜旁边，轻轻拿起瓶子，“隔着瓶子也能闻到这股难闻的味道……的确是乙醚。”

凶手用乙醚将孙庆亦迷倒，再用雕像重击他的头部。可能是因为不方便处理掉这个瓶子，凶手直接把它扔在了现场。

奇怪的是，两起案件中凶手分别采用了不同的气体。第一起案件中，凌舟的死因是吸入了过多的魔气；而在第二起案件中，如果只是想把受害人迷晕，使用魔气也可以做到，但是凶手却用了乙醚。为什么要更换气体呢？难道两起案件的凶手不是同一个人？那为什么两起案件的现场都出现了拿破仑雕像？

“对了，这次的雕像上有指纹吗？”我问道。凌舟案现场的雕像上，发现了刘百箴的指纹。虽然刘百箴不承认自己在现场碰过雕像，但这依然是一个疑点。

“看上去没有。”王警官用探照灯仔细地照了一遍，没有发现任何痕迹。

这也在意料之中，凶手要么戴着手套作案，要么擦去了雕像上的指纹。这么看来，第一起案件中雕像上的指纹就显得有点突兀了。倘若刘百箴是凶手，他一定会把指纹擦掉。看样子是有人故意在雕像上留下了刘百箴的指纹。

对现场的调查已经进入尾声。不幸的是，其他鉴识人员再次证明了这个房间是一个牢固的密室。那扇老式的房门肯定是从内锁住的。

讨人厌的密室。

我在心里思索着这个密室的解法。为了构成密室，凶手一定利用了现场的某样物品。到底是哪一样呢？现场的物品并不多，床、拿破仑雕像、书桌、椅子、计算机、书柜、乙醚瓶、图书、文件、保险柜。

　　电光石火之间，我想到了一种解释，但是这也太……

　　我沉浸在一种惊讶而又困惑的情绪中，等回过神来时，发现王警官走到了我的身边。

　　"梁警官，"王警官一反常态，异常严肃地说道，"之前你让我调查的两件事情都有了结果。"

　　我顿时变得认真起来。昨天晚上我给王警官打了一个电话，让他调查两件事。现在我就要听到答案了，这两件事的调查结果会直接影响到我对案情的判断，可以说，它们的答案就是案件的核心。

　　"首先是反福尔摩斯机器化协会。"王警官说，"关于这个协会的资料不多，因为协会本身并不算活跃。人工智能时代已经很少会有人那么固执了，协会规模不大，主要是一些古板的福尔摩斯迷组成的，而且也没有什么活动，顶多在网络上抗议一下。他们并不像是一个暴力团体。"

　　"和宝石科技的关系呢？"

　　"这个我也调查了。今天早上我假装想要入会，在网上跟协会的人聊了一会儿，试探了他们一下，对方好像对宝石科技并不了解。这边的福尔摩斯机器项目还处于保密阶段，一般人是不知道的。"

　　不是暴力团体，也不知道福尔摩斯机器的项目。这么一来那张字条就很可疑了。

　　"研究所的成员和协会是否有联系？"我继续问。

"这就难问了。对方不会向我提供协会的成员名单，如果以警察的身份介入的话也不是没办法，但是对方都是一群老顽固，未必会配合。"

"不用了，"我说，"已经很好了，这些信息足够用了。"

刚刚我已看出了研究所的哪一位成员与反福尔摩斯机器化协会有关，毫无疑问是李岸。我会想办法让他吐露出一些东西。

"那么就是第二件事了。"王警官忍不住露出了一分得意之色，"这件事上，我可是有很大的收获。"

"快讲讲。"我催促道。

我让王警官调查的第二件事，是有关新智能科技公司的。我在得知这家公司派了商业间谍潜入研究所中后，立刻让王警官调查，看看新智能科技与这起命案是否有关。

"你还真给我布置了一道难题。"王警官笑着说道，"这种事即使对警方来说也是很难调查的，毕竟哪家公司都不会主动透露自己的机密。好在我有一个同学，他老婆之前在新智能科技的人事部门工作过，认识不少人。我让她看了一下研究所各位成员的照片，结果你猜，她认出了谁？"

"孙庆亦。"我说。

我认定孙庆亦就是新智能科技派来的间谍。凌舟发现自己的计算机被攻击了，在那之后，他很可能察觉到了孙庆亦是商业间谍。沃森说过，凌舟曾经和孙庆亦发生过争执，应该就是因为这件事。

更关键的一个证据来自刘百箴。

在和其他人分开之后，刘百箴偷偷找到了我，跟我说了文件的事。原来在孙庆亦房间发现的文件里面暗藏玄机，这些文件不只涉及孙庆亦参与的项目，还有很多他没参与的项目，而这部分资料正常情况下他是没法接触到的，而且他也没有理由去收集。只有一种解释，孙庆亦在不择手段地收集宝石科技的机密。他就是那个商业间谍。

"孙庆亦？"王警官愣了一下，"不，不是他。有一个人在新智能科技工作过，我同学他老婆看了照片之后一下就认出来了。那个人是风沐。"

3

"你觉得如何？"我问千帆。

"嗯，很好，这间会议室非常大。"她回答，"虽然我不知道要这么大的房间有什么用。"

"思考。"我说，"越大的房间越能促使我思考。我一直有个梦想，就是在一个非常大的房间里，把一切收集到的线索都摆出来，桌子上、地板上、挂在墙上，房间里到处都是我收集到的线索。我就身处在这个巨大的房间正中央，环顾周围的线索，沉思许久之后眉头一展，大叫一声：'我明白了！'"

"不如把最后那句台词改为'Eureka①'，"千帆建议道，"这样更洋气一些。"

"就按你说的办。"我说。

房间是刘百箴提供给我们的。我向刘老板询问，哪个房间是研究所最大的，想借来一用，于是他就把会议室借给了我们。

会议室里堆着许多纸和笔。这是我的另一个爱好，用笔把案情中的关键点写出来，思路会更清晰。虽说我的同事更倾向于使用电子笔记，但我总觉得用真正的纸笔更有感觉。

"先讨论凌舟案件吧。"我提议道，"咱们按顺序分析。"

---

① 古希腊词语，意为"找到了"。

千帆点头表示同意。

我提笔在纸上书写。最近有一段时间没写字了，运笔有些生涩，但我的思维还是很顺的。首先，我记下了凌舟案最主要的问题。

凌舟之死是谋杀吗？如果是，那么凶手是谁？如果不是，那么是意外还是自杀？

"什么呀，写了跟没写一样。"千帆在一旁小声说道。

"有个好的开始等于成功了一半嘛。"我嘟囔道，"我继续写。"

凌舟的死亡原因是吸入了致命毒气——"魔气"，而研究所里是没有这种气体的。是谁把气体带了进来？

"显然是凶手啊。"千帆说，"要不然还能是谁。"

"话是这么说，但也不能排除其他情况。"我说，"比如凌舟的死不一定是谋杀啊，所以未必会有一位凶手。"

"真的假的？"千帆一副怀疑的语气，"你真觉得凌舟案可能不是谋杀？那也太蠢了吧。"

"嗯……这个问题问得好，"我有点尴尬，"我也认为凌舟之死是谋杀，但还是要严谨一点。"

"那这样的话就没什么进展了。"千帆摆了摆手，"因为我们永远无法穷举所有的可能性。可能性很小的情况就先忽略掉吧。"

"好吧。"我表示同意，"那么接下来就以凌舟之死是谋杀为前提来展开推理。不过就算如此也无法肯定气体是由凶手带进来的。其他人带入气体，然后被凶手利用了，这种情况也是存在的。"

"其他人带入气体？带进来干吗呢？"

"对了，"我灵机一动，"魔气其实是一种毒品，有没有可能带它进来是为了吸食？"

"异想天开。"千帆说，"很难相信那几位十分理性的科学家和工程师中会有人吸毒。"

"的确没有这个迹象。"我说，"那先看下一个问题吧。"

凌舟之死是不是由现场的电动装置造成的？

博物馆中有一个奇怪的电动装置，启动之后，平台会倾斜，放在平台上的拿破仑雕像会因此掉落下来，砸破下方的玻璃瓶。

"如果凌舟死于这个电动装置，那就很好解释了。"我说，"刘百箴说玻璃瓶里装的是普通空气，只要凶手将玻璃瓶中的气体换为毒气，然后想办法让凌舟靠近玻璃瓶，之后再启动装置，就可以杀死凌舟了。"

千帆果断地摇了摇头。

"有个漏洞，凶手是如何得知这个电动装置的呢？要知道，装置可是凌舟本人设计的。"

有道理。听闻此言，我马上记录了下一个问题。

凌舟为什么要在博物馆中设计电动装置？

电动装置是凌舟本人设计的。他不惜违背原著，不用石膏像，坚持要用金属的拿破仑雕像。我想这是因为金属雕像硬度更大，可以保证砸破玻璃瓶。

"这个装置只有凌舟和秦欣源知道，"千帆说，"如果按照我刚才的说法，凶手只能是秦欣源。"

"也不一定，或许凶手以其他方式得知了这件事。"

我想起了喜欢四处偷听的沃森。沃森偷听到了电动装置的事，之后利用装置来作案，完全有这个可能。

"不管怎样，装置都是凌舟本人设计的，可他为什么要这样做呢？"我说，"他一定是想达到某种目的。"

"难道他才是那位凶手？"千帆猜测道，"凌舟设计了这个杀人装置，把玻璃瓶中的气体换成毒气。然而就在他试图施展谋杀的时候发生了意外，导致被杀死的变成了他自己。"

"这倒是个很有想象力的解释。"

"还是有点奇怪。"千帆继续说，"既然凌舟想要杀人，那他肯定知道这个装置很危险，但最后居然是他自己中招了。每个人都说凌舟是天才，他不应该这么愚蠢吧。"

"聪明反被聪明误，这样的例子还是很多的。"我说，"不过即使是这样，依然有很多事情解释不通。"

我又在纸上写了两行字。

为什么会在犯罪现场发现有魏思远笔迹的草稿纸？
为什么拿破仑雕像上会有刘百箴的指纹？

"这两个问题的共同点，是魏思远和刘百箴两个人都不承认。"我说，"魏思远不承认草稿纸是他带入现场的，刘百箴也否认了他碰过雕像。"

"陷害吗？"千帆问。

"有这个可能。草稿纸还有可能是疏忽，但是指纹嘛……凶手但凡聪明一些，都是不会留下指纹的。"

"那么，留下草稿纸和指纹的人就是凶手了。"

"大概吧。"我犹豫了一下，最后又摇了摇头，"我觉得这不是凌舟案的关键，更像是一种干扰。"

"是吗？我倒是觉得挺关键的。"千帆和我的观点不同，"比如说那张草稿纸，它出现在现场一定有某种理由，而这个理由有可能让我们直接锁定到凶手。"

"理由。"我念叨了一下这个词。

千帆还在思考，但是我并不打算在这件事上浪费太多时间。

"先放在一边吧。"我建议道，"先看之后的疑点。疑点之间不是孤立的，而是联系在一起的。也许这个问题暂时想不清楚，等到想下一个问题时突然就把刚才的问题想明白了。"

千帆同意了，于是我又在纸上写了一行字。

为什么凌舟死的时候手里攥着手机？

"我觉得这是所有问题中最有趣的。"我把笔和纸放到一边，站了起来，"如果说真的有一个问题会帮我们锁定凶手，那么我相信就是它。"

"莫非是死前留言？"千帆的思路很快。

"死前留言吗？紧握着手机这个动作，会和凶手的身份有关？"我思忖后说道，"很好的想法，但遗憾的是，这个动作看上去并不能指认凶手。"

我离开桌子，走到房间的中央，一边踱步一边思考。

"我的观点更倾向于，死者攥着手机是因为死亡时他正在用手机做着某件事。"

"打电话？"

"有可能。"我停下了脚步,"但不像是最好的答案。你还记得吗,我们看监控录像的时候发现,早在离开机房,进入博物馆的时候,凌舟就开始拿着手机了。"

"是拍视频吗?"千帆试探着说。

"问题之间不是孤立的,"我大声说着,有点像是给自己鼓劲,"而是有着某种联系。"

说完之后,我快步走回桌子旁边,飞快地在纸上又写了一行。

凌舟的手机是怎么损坏的?为什么里面的数据全都消失了?

"凌舟用手机做了一件重要的事,这件事情甚至导致他的手机损坏了。"我说,"这是我想到最合理的解释。"

"凌舟临死前把凶手的信息输入了手机当中,导致凶手不得不删掉他手机里的数据。"千帆推测道。说到这里,她忍不住又补了一句:"原来还是死前留言。"

"注意,我用了'损坏'这个词。"我说,"凌舟的手机不仅仅是数据被删除这么简单。虽然物理层面没有遭到破坏,但系统已经彻底报废了,连我们的人都无法从中恢复数据。"

"说明凶手很谨慎。"千帆说,"反正这里最不缺技术人员,破坏手机系统这种简单的事,还是人人都能做到的。"

"但你有没有想过,凶手为什么要把手机塞回凌舟的手中?"我质问道,"如果是凶手删掉了数据,那之后他完全可以把手机放回凌舟的口袋里,而不是放在凌舟的手中。放到凌舟手中岂不是很引人注目?"

"有道理。"千帆赞同,"看来数据不是凶手删除的。"

"至少不是在杀人之后立刻删除的。"我补充道。

"立刻？你是说……"千帆也跟我想到了同样的事。

这是一个盲点。

研究所里的人除了沃森以外，都是计算机领域的佼佼者。对于他们来说，远程删除手机上的数据是非常容易的。编写程序入侵凌舟的手机，之后让系统崩溃来消灭痕迹，这完全可以做到。

也就是说，凶手可以在任意时间点去毁掉凌舟的手机，甚至可以在杀人之前，因为只要设定一个定时程序就好了。

"真难办。"我叹了一口气。

只要意识到这个盲点，就会发现更多同类的问题。就拿博物馆中的电动装置来说，凶手可以远程入侵这个装置，在特定的时间开启装置杀死凌舟，而凶手本人根本不需要到现场来。在一群计算机高手的眼中，任何电子设备都是不安全的。难怪孙庆亦拒绝使用电子门。

"但不管怎么说，凌舟手机中的数据一定很重要，以致凶手不得不将其删掉。"我说，"我认为这和凶手的身份有关。"

"同意。"

"当天早上被删掉的东西还有一个。"我说，"就是福尔摩斯机器的运行记录。"

为什么福尔摩斯机器的运行记录消失了？

"不可理喻。"千帆说，"删掉福尔摩斯机器的运行记录有什么意义呢？"

"不要忘记凌舟死前的行动。"我提醒道，"凌舟在去博物馆之前先去了机房。"

175

那天早上，凌舟一开始待在自己的办公室里，还和秦欣源见了一面。秦欣源离开后，凌舟动身去了存放福尔摩斯机器的机房，在那里停留了十多分钟，之后前往博物馆。

"也许福尔摩斯机器的运行记录和凌舟手机中的数据有一定的关联。"我推测道，"否则它们不会这么巧合的同时消失。"

"这起案件中和数据有关的问题还有很多。"千帆补充道。

"没错。这个问题绕不开，等一会儿我们还会再探讨。"我说。

说着，我又写了下一个问题。

凌舟的那句话，"他们会是凶手"，是什么意思？

"这句话应该很重要吧。"我说，"看上去像是凌舟在指认凶手。"

千帆不赞同这个想法。

"如果凌舟明知谁想要行凶，那他怎么还会被杀死呢？"千帆问道，"而且我们要考虑到语境。凌舟是在什么时候说的这句话？和秦欣源一起吃饭庆祝的时候，他兴致很好，忍不住说出这句话。这像是在说自己会被人杀死吗？"

"不像。"我在大脑中模拟着当时的情景，"这么一说，这句话更像是玩笑、恶作剧一类。"

"是啊。"千帆叹了一口气，"看来这句话跟案件关系不大。"

"那也未必。"我说，"我大致能猜出这句话的含义。"

"真的？"千帆惊讶道。

"嗯，如果我没猜错的话，这句话可以和之前我们写下的某几条联系在一起。"我说，"不过我还不太确定。"

"都是瞎猜呀。"千帆不满道。

"那就说一说几个不用猜测的问题吧。"我说,"这有几个已经解决了的问题,至少表面上已经解决了。"

反福尔摩斯机器化协会在这起案件中起到什么作用?

"答案是没起作用。"我说,"根据王警官的调查,协会和这起案件无关。"

"但是两次案件的现场都出现了署名为反福尔摩斯机器化协会的纸条。"千帆不服气地说道。

"这是一个好问题。"

说着,我又写下一行字。

凌舟案发生之前,是谁给刘百箴寄去了恐吓信?

"如果这个人是凶手,那么他的目的就是要阻止福尔摩斯机器项目。"我说,"看到自己的目的没达成,他就下了杀手,杀死凌舟这位最核心的项目成员。"

"嗯,还算合理。"

我突然笑了起来。

"千帆,你觉得这个解释合理?"我笑着说,"那凶手不就和反福尔摩斯机器化协会的人一样了?古板,跟不上时代的老顽固?你看研究所里有那样的人吗?"

"哟,"千帆不高兴地说,"那你有何高见?"

"字条只是一个噱头,与凌舟案没什么关联。"我自信地说道,"不过字条和这里的另一个人有关系。"

"李岸吗?"

"不错。"我说，"研究所中最可能与反福尔摩斯机器化协会有关的就是他。我认为字条的事只和李岸有关，而与凌舟之死无关。这件事不急，我们可以在李岸那里得到答案。来，看看下一个问题吧。"

新智能科技公司在这起案件中起什么作用？谁是新智能科技公司派来的商业间谍？

"这个太明显了。"我说。

"哦？那谁是间谍？"

"孙庆亦。"我说。

"为什么不是风沐呢？"千帆追问道，"王警官的调查结论并没有提到孙庆亦呀。相反，他说风沐在新智能科技工作过。"

"那我问你，如果你是新智能科技的人，你会派一名原来就在你公司工作的，不少人都认识的员工，来宝石科技做间谍吗？"

千帆沉默不语。

"商业间谍不应该那么显眼。"我说，"风沐的确在新智能科技工作过，但她不是那位商业间谍，间谍显然是孙庆亦。"

第一次向孙庆亦询问的时候，我就觉得他知道新智能科技的事情。而且在孙庆亦案的现场，我也找到了不在他权限范围内的研究资料。

攻击凌舟电脑的是谁？为什么和福尔摩斯机器有关的研究成果少了一部分？

我觉得这件事是孙庆亦干的。有一个心理学上的证据，孙庆亦没有使用电子门，而是安装了老式的房门。他经常用黑客手段攻击他人的设备，潜意识觉得电子门不够安全，所以才没装。

"可是孙庆亦被杀了啊。"千帆说，"也就是说商业间谍和凶手并不是一个人？"

"不能这么说，孙庆亦可能是凌舟案的凶手。目前还不能确定凌舟案和孙庆亦案的凶手是同一人，"我说，"虽然这两起案件的关联十分紧密。"

我整理了一下用来标记问题的纸张。我在每张纸上只记了几个问题，因此用来记录的纸是非常多的，我把它们摊开，放在桌子上。

"好了，凌舟案还有什么遗漏的问题吗？"我问。

"很全面。"千帆说，"不过好像并没有什么帮助。"

"不，帮助很大。"我坚定地说道，"真凶的身份就隐藏在这些问题之中。"

我将所有的纸张排成了一个圆。

在我刚入行的时候，局长曾经对我说过一番话。

"真相永远是唯一的。"他说，"把真相类比成一个多面体，我们看到的不过是真相不同的侧面，是片面的旁观者从不同角度得到的投影，我们得到的线索和目击者的证言都属于投影的一种。这样的投影越多，就越会怎么样？"

"越会显得真相杂乱无章。"我说。

"立体几何学得不好啊。"局长笑着说，"拥有的投影越多，能对应的多面体就越少。直到唯一。"

我看着线索围成的圆，想到了局长的那番话。

投影已经足够多了。如果存在一个解释能够解决所有的问题，那么它就能引导我找到唯一的真相。

有这样的解释吗?

有。

我拿起一张纸,在上面写下了一行字。

最关键的问题:凌舟有没有找到突破受限定理的方法?

我长吁了一口气。

千帆见我的神色有异,难以置信地说:"难道你已经知道凶手是谁了?"

我摇了摇头,之后又点了点头。

"我还不能确定。不过,如果是他的话……千帆,其实更有机会猜到凶手身份的不是我,而是你。你还记得昨天晚上你跟我说了什么吗?"

"我们聊了很多,你说的是哪一句呢?"

"昨天晚上你告诉我,这是一起发生在新时代的案件,必须用新的眼光去看待事物。就是这句话给了我启发。"我说,"不错,这是新时代的案件。案件背景、涉案人员身份、凶手的作案模式都是全新的,这才是案件的本质。"

新的时代,新的事物。

千帆似乎没想到我会说出这样的话。她专注地看着我,仿佛在听了我的话之后很有感触。

"可我的本意不是这个。"她说,"我是想说那起神秘的消失事件。"

"啊,那个啊。"我感叹了一声,"没想到昨晚给了我很大困扰的消失事件的解答居然这么简单。"

昨天夜里,我听到了两个神秘人在交谈,待我追过去时只看到一位黑衣男子，不料此人却在我的追踪过程中不可思议地消失了。

"你想到答案了？"

"当然。"我说，"不过我觉得千帆你早就明白了。如果用一个词语来解释这起事件，那就是……"

下一瞬间，千帆和我说出了同样的词语。

"不错。"我笑着说，"看来我们很有默契。"

"但是那两个人的身份我们还没有确定呢。"千帆说，"其中一个是孙庆亦，另一个是谁呢？"

"我想，有一个人会给我们答案。"我说，"关于凌舟案，关于消失事件，关于孙庆亦，他一定有很多话要跟我们说。"

正巧，敲门声在此时响起。

"请进。"我说。

李岸走了进来。

4

"梁警官。"李岸说,"我有话想跟您说。"

他一反之前的沉稳模样,脸上写满了疲惫,本来的圆脸竟显得有些轮廓分明了,像极了一位历尽辛苦终于抵达目的地的旅人。看到他的样子,我知道他一定会毫无保留地将一切都告诉我。

"坐吧。"我一边说,一边将写满线索的纸收了起来。

也许是看到我写了很多东西却不知道具体内容,李岸感受到了一些压力。

"梁警官,"他开口说道,"我会把一切都告诉你,有些事情现在再隐瞒也毫无意义了。我知道你在怀疑我,但等到我将一切说出来之后,我想你会理解我的想法。我也希望我说的东西能对案件有些帮助。"

他说话的声音并不大,吐字偶尔还很含糊,但语气却是坚定的。

"之前我曾说过,进入一所名校并学习人工智能完全是我父母的意思。从小我就被迫学习相关知识,没有时间思索其中的意义。等到进入了大学之后,我终于有了时间一个人想想,我自己究竟想要什么,我这么多年来的努力是为了什么。

"我发现此前自己从未对未来的生活有过正确的认知。我不

182

算那么喜爱人工智能，也并非拥得天独厚的过人天赋，只不过是凭借着比其他人重复了更多次的工作，勉强取得一些毫无意义的成果。

"我慢慢地意识到，自己所做的事情根本没有任何价值。我每天都在盯着机器，编写着根本不会用心思索的程序。我所付出的努力远远超过常人，等达到了我身体能忍受的临界点，反噬就来了。最后的结果是只要一看到电脑屏幕我就会感到恶心。

"现在回想起来简直太可笑了，但那段时间里，我确实不明白自己在做什么，也不明白这样的生活有何意义。我开始变得厌恶人工智能，甚至厌恶自己。我试图去改变庸庸碌碌的人生，我迫使自己做出改变，不断尝试新的事物，看看什么才是自己真正的心中所爱。可我一直没能找到那样东西。

"拯救了我人生的是福尔摩斯。一天，我路过图书馆，正好看到有人在借福尔摩斯的小说。我想起了小时候自己非常喜欢这些故事，就也借了一本回来读。

"你无法想象那个时候的我有多么欣喜。我恍然意识到，书里描写的不正是我不断追求，却又无法得到的生活吗？我不舍昼夜，再次沉醉在这些迷人的故事中。福尔摩斯的小说是几个月来唯一带给我正面情绪的东西，那些人和事成了我活下去的信念。我暗自庆幸，如果没有它们，恐怕我只能走向自我毁灭了。那是一本改变了我生命的书啊。只要有福尔摩斯在，这个世界对我来说就还算有希望。

"我疯狂地读着福尔摩斯的故事，对那时候的我来说，《福尔摩斯探案集》是一本圣书，这个世界的全部都蕴含其中，人生的意义、真理正义、万事万物的运转法则，都被包含在六十个故事里面。

"我开始寻找和福尔摩斯有关的一切。就在这时，我看到了反福尔摩斯机器化协会的宣传广告。我对这个协会的名字感到惊奇，便联系了他们。

"协会很快派人来接触我。他们告诉我，机器是罪恶的，其带来的物质文明是人类社会的毒瘤，绝不能让福尔摩斯这样圣洁的人物也被机器沾染。正好那时我对人工智能带有厌恶的情绪，觉得他们说得很有道理，便加入了协会。

"今天上午我说过，我认识到自己的狭隘并重新从事人工智能的相关工作是在大学毕业之后，其实不然。我的改变发生在大学期间，也就是加入反福尔摩斯机器化协会的那段时间。我很快发现协会的成员是一群死板的人，令人难以忍受。他们对机器抱有偏见，忽略客观事实，认定与机器有关的一切都是错误的，人工智能从未给人类带来过任何好处。后来连我都听不下去了，我与他们争辩，可他们的头脑已被固化的思维占据，我尝试用科学观点，来说服他们，但他们却拒绝学习与人工智能相关的理论。

"我一点一点地觉醒了。螳臂不能挡车，仅仅凭借几个对科学一无所知的人，无法改变历史的进程。人工智能终将会改变这个时代，无论是福尔摩斯还是其他的什么。在这个时代，人工智能才是希望，才是未来。我突然醒悟，原来我之前做的事情是那么有意义，即使我没有取得重大的研究成果，也是在给人工智能这一人类历史上最伟大的科研成果添砖加瓦。而且我拥有最好的教育机会，无数的人想跻身我所在的学校、学习我所学的专业，但求而不得，我却一点不珍惜。

"就连福尔摩斯，也总是在追求最前沿的科学，不是吗？如果他生活在今天，一定也会选择用人工智能技术来打击犯罪的。

"我立刻退出了协会，回到校园里认真学习。毕业之后，我得到了一份一流的工作，薪资优渥。再后来，我来到了宝石科技，这里给了我极高的待遇，让我可以过上一般人无法企及的奢侈生活。我对自己的现状感到很满意，并且庆幸当时的抉择，如果我没有那么快地转变思想，我一定早已被平庸的生活埋没了。

"一年前，我调到了这个研究所，工资和待遇又升了一级。我还在自鸣得意，丝毫没有意识到噩梦即将开始。

"噩梦是孙庆亦带来的。一开始，我并没有在意这位同事，他倒是经常与我搭话，然而我不想对此投入过分的热情，我觉得做好自己分内的事就足够了，没必要在人际交往上浪费太多的时间。

"我小看了孙庆亦，他的目的并不单纯，与我搭话是为了获取一些我所知道的保密信息。我最担心的事情发生了，孙庆亦不知道从哪里知道了我加入过反福尔摩斯机器化协会的事，以此来威胁我。

"我的老板刘百箴是一个狂热的福尔摩斯信徒，研制福尔摩斯机器是他这辈子的梦想，他对反人工智能的那套东西深恶痛绝。如果他知道我加入过反福尔摩斯机器化协会的话，一定会第一时间开除我，不给我任何解释的机会。

"我被孙庆亦抓住了把柄。我已经适应了舒适的生活，不愿意离开宝石科技重新开始。我能猜到，他其实是新智能科技派来的商业间谍，他来到宝石科技就是为了窃取这里的机密，然而我没有任何办法。

"一开始我还抱有侥幸心理，我透露给孙庆亦一些不那么机密的资料，以为他会就此满足然后放过我。孙庆亦当然没有结束对我的勒索，他变本加厉，一定要我吐露出点东西。我被逼无奈，只能告诉他一些公司的机密，可他的胃口越来越大，想要的远远不止我告诉他的那些。

"我意识到不能这样下去了。我告诉孙庆亦我不会再告诉他任何东西了，想要告发我的话随他吧。谁知他马上告诉我，他已经把一封匿名信交给了刘老板，那封信是以协会的名义寄出去的，足够让刘老板起疑。但这封信还没有透露我的身份，如果我听从他的命令，他就不会继续给刘老板寄信。

"孙庆亦语重心长地劝说我道，他马上就要离开宝石科技了，我只要再最后帮他一次，他保证什么都不说，这件事就算烂在他的肚子里。等到他离开了公司，谁都不会怀疑到我的身上。

"正好这时凌舟死了，而且似乎是被杀害的。警方派人来调查，我很害怕，如果这时孙庆亦把我的秘密抖出来，警察会不会怀疑到我的头上？毕竟我加入过反福尔摩斯机器化协会，是所有人之中最有嫌疑的。迫不得已，我只好再次答应孙庆亦的要求。我跟他约定好这是最后一次，不料却出了事，被梁警官撞破了。"

李岸紧握双手，似乎是因为在警察面前坦白让他感到了压力。我点了点头，示意李岸不必紧张。刚才在讲述的过程中，他一直拘谨地站着，见状，千帆搬了一把椅子，让他坐下。

他的陈述解开了很多疑问。

给刘百箴的那张字条，它的寄出者是孙庆亦，目的是威胁李岸。同时这也解释了孙庆亦保险柜中的那张字条，那不是凶手放在案发现场的，而是孙庆亦准备了多张这样的威胁字条，其中一张放在了保险柜里。恰巧这时孙庆亦遇害，保险柜中的字条被我发现了。

"梁警官，"李岸小声说道，"昨天夜里的事你都知道了。"

"大概吧。"我说道，"不如接下来的一切由我来叙述，你看看哪里需要补充。"

李岸点头同意了。

"昨天夜里，你按孙庆亦的要求，来到了见面地点。你很谨慎，因为发生了命案，你担心我会再次查看监控，于是在见面之前，你把研究所的监控系统全都关掉了。那之后，你和孙庆亦见面，展示了他要看的东西。那就是——显像。"

显像，这就是我和千帆异口同声说出的词语。

询问风沐的时候，她曾经说过李岸在显像技术这一领域颇有研究。就在那时，我开始怀疑，和孙庆亦见面的会不会是李岸呢？

昨天夜里的黑衣神秘人消失事件，我犯了一个错误。当时我也有过怀疑，为什么我听到的是两个人的对话，但追过去时只看到了一个人，另外一个人哪里去了？

其实，我看到的黑衣男子并不是李岸和孙庆亦中的一个。

黑衣男子是歇洛克·福尔摩斯。

他是显像器投影出来的显像。

显像一直是宝石科技的核心技术之一，而李岸是宝石科技的显像技术专家。孙庆亦想要窃取这门技术，便调查了李岸，掌握了他的软肋，并以此为威胁，要求他把显像技术的机密告诉自己。之后，孙庆亦又提出了要亲眼见识宝石科技显像技术的要求，李岸被逼无奈，只得答应。

昨天夜里，李岸把孙庆亦带到研究所的显像器安装地点，也就是那条走廊。他打开了显像器的开关，于是福尔摩斯的显像被投影出来。

福尔摩斯显像是宝石科技正在研究的内容。宝石科技的显像技术处于全国领先地位，可以投影出虚拟人物的显像，并赋予其动作和声音。福尔摩斯的显像就是一个身着黑色大衣，头戴猎鹿帽的形象，而我那时所听到的杂音就是显像器启动的声音。

那天我追过去时，李岸和孙庆亦并没有逃跑，而是立刻弯下腰躲在一旁。由于周围的环境太昏暗，我没有注意到他们，我的目光完全被福尔摩斯显像吸引了。

福尔摩斯显像有一套完整的动作，就是向前奔跑。我把福尔摩斯显像误认为是之前正在交谈的两个人中的一个，拼命追了上去，李岸和孙庆亦正好趁机离开。而当福尔摩斯的一套动作做完，显像器关闭，福尔摩斯的显像瞬间消失了，这就是我见证的神秘消失的一幕。

一切不过是显像器制造出的幻影。

李岸承认了这一切。他的局促不安在此时达到了顶点。

"梁警官，你说的都是对的。"李岸不断地点头，"请你相信我。"

我注视着他，想在他的目光中找到答案。

"凌舟的事情与你无关吗？"

"这我真的什么都不知道。"

"那孙庆亦的案子呢，"我追问道，"也与你无关吗？"

"没有关系。"

见到我怀疑的神色，李岸急忙又补充了一句："梁警官，你要相信我啊。"

我长叹了一声。

"李岸，你知道你在做什么吗？如你所说，宝石科技给你提供了非常好的待遇，你却出卖了宝石科技。你说你做出改变是因为认识到人工智能才是未来的希望，可在你的叙述中，我只听出了你对优渥生活的渴望。为了维持这样优渥的生活，你不惜欺骗刘百箴，向敌对公司传递商业机密，纵使再怎么说自己如何不情愿，如何被胁迫，也无法否认，你所做的一切只是为了自己。这样的人，要我怎么去相信呢？”

听完我说的话，李岸彻底沉默了。

“你说你喜欢福尔摩斯，可是你没能理解其中最重要的东西。”

“我……”李岸喃喃道，“是的，我做错了。”

“你还有什么想说的吗？”我问。

李岸摇了摇头。

“那请你出去吧。”我说。

李岸站起身，他迟疑着，好像还想说些什么，但他最后还是什么都没有说，默默地离开了会议室。

“如何？”千帆问我，“他所说的话验证了你的想法吗？”

“哪个想法？”

“凌舟案的凶手呀，你不是说已经有了猜测嘛。”

“嗯，”我点了点头，“不过目前还看不出。对了，说到凶手，你觉得李岸这个人有嫌疑吗？不必考虑证据，单从直觉上来判断。”

“他？”千帆略一思考，然后摇了摇头，“不像。”

“为什么呢？”

“他不符合凶手的那种气质。”千帆说，“之前李岸还更像是凶手，稳重而又沉着，很适合扮演凶手的角色。但现在的这个人，紧张兮兮地向警察袒露自己的秘密，很难想象凶手会像他这样。而且他貌似也没有动机。”

“千帆，你对他性格的了解还是太简单了，只停留在表面。”我说，“越是想拼命保住自己秘密的人，越容易走向极端。要不然为什么会有那么多被勒索者杀死勒索者的案例？如果不是我看破了他的秘密，他是绝对不会向我袒露这件事的。即使是现在，

189

他也是因为相信我不会向他的老板告密，才放心地对我说出了这一切。"

千帆始终一副不太信服的样子。我继续说道：

"如果从动机的角度来看，虽然不够充分，但他依然有成为凶手的理由。此前我们曾获知，凌舟因为计算机被攻击这件事开始怀疑公司里有商业间谍，同时凌舟和孙庆亦发生过争执，那么我们可以大胆地猜测，凌舟已经知晓孙庆亦的身份，并知道李岸在向孙庆亦透露商业机密。在这种情况下，被逼急了的李岸是完全有可能杀掉凌舟，并且一不做二不休，再杀掉孙庆亦灭口的。"

千帆还是对我的说明半信半疑。见状，我说道："对于凶手的身份我们也不用太过着急，一点一点分析就好。"

我又拿出一张新的白纸。

"刚才我们探讨了凌舟案，并且顺便解决了不可能消失的案件，那么下面我们来说一下孙庆亦案吧。"

我在纸上一口气写了几行字。

"首先是两个主要问题。"

一、孙庆亦案的凶手是谁？与凌舟案的凶手是不是同一个人？

二、密室是如何形成的？

"其次是一些附属问题。"

三、几乎在命案发生的同一时刻，风沐的计算机被人攻击了，是孙庆亦干的吗，还是另有其人？

四、为什么死者被放在床上？

五、为什么现场的保险柜是打开的，没有上锁？

六、是谁删去了孙庆亦计算机中的数据？

七、为什么本应是机密的文件被随意地摆放在地上？

"其他的问题都好理解，这里我想特别说明一下问题四。"我说，"从案发现场来看，死者是被人为地放到床上的，因为床上并没有凌乱的痕迹，如果行凶之前孙庆亦就在床上，床上一定不会像现在这么平整。孙庆亦是死后被搬上床的，可凶手为什么要这么做呢？"

"我觉得，这些附属问题和主要问题的关联很紧密，"千帆分析道，"只要解决了后面五个附属问题，前面的两个主要问题就会迎刃而解了。"

千帆拿起笔，在纸上连了几条线，又写下"有关联"几个字。和我乱糟糟的字迹不同，她的字是非常标准的正楷。

看着她的样子，我忽然陷入一种糟糕的情绪里面，很长一段时间都默不出声。千帆发现了我的异状，忙问我怎么了。

"我觉得很害怕。"我说。

"欸？我不信。"千帆以为我在骗她，"梁警官还会害怕？"

"是真的。"我说，"你知道吗，刚才在案发现场，我突然想到一种可能性，可以解释现场的密室状态。这是一种难以想象的怪异解释，但可怕的是，我发现这是一种合理的解答。"

我深吸一口气，继续说道：

"我说过，我还不确定凌舟案的凶手，但是孙庆亦案件我却能精准地推测出真相。如果密室的构成原因如我所料，那凶手的身份就变得简单多了。可这种解释实在太过离奇，我根本不愿相信。"

191

千帆并不理解我内心的波澜。

"这是好事啊。"她说，"既然你推测出了凶手的身份，那马上就要破案了。管它离奇不离奇，早破案早收工，我们还能回家过节呢。"

"不，你不明白……"

我闭上眼睛，回想这两天以来的经历，明明只有两天时间，给我的感觉却意外漫长。一件又一件的事情在我脑海中闪过。

"走一步算一步吧。"我说。我决定忘掉刚才想到的解答，以不带偏见的眼光来看待这起案件，或许会有新的发现。

我用终端给王警官发了消息。很快，敲门声响起，王警官带着风沐走了进来。

"梁警官，"风沐还是一副乐天派的模样，嘴角带着微笑，"你找我？"

5

"请坐吧。"我指了指面前的椅子。

风沐向前走了几步，突然注意到我身后的千帆。

"千帆警官，"她笑吟吟地走到千帆面前，"你好点了吗？"

"好多了。"千帆回答。

风沐似乎是想摸千帆一下，可是千帆灵活地躲过了。见状，风沐无奈地笑了一声，回到了原来的位置，坐到椅子上。

"风小姐，这次叫你来是想问一些问题。"我说，"之前我曾经问过你，是否知道新智能公司派来商业间谍的事情，那时候你的回答是不知道。然而我发现你没有说实话。"

我身体向前倾，拉近了和她的距离。

"你在新智能科技公司工作过，对吧？"

风沐一点也没有慌张。她晃了一下头，狡黠一笑。

"梁警官，谁都会有一些想隐瞒的事情。"她语气很轻松，就像在叙述一件很平常的事，"我的确在新智能科技工作过。我不想让人知道这件事，因为当时发生了一些不太愉快的事情。"

"什么事情？"

"这跟案件无关。"

"风小姐，我们现在已经查明孙庆亦，和新智能科技有着某种关联。而恰巧在这个时候，你又隐瞒了自己在新智能科技工作

过的事实，"我说，"你如果坚持不说，只会给自己惹上更大的
嫌疑。"

"孙庆亦？"听完我的话，风沐回忆起了一些事情，"这么说
来，他隐隐约约地问过我要不要换一个地方工作，那时候他应该
指的就是新智能科技。"

"那他有没有暗示你，要你给他看一些你负责项目的内部资
料？"我问。

"你这么一说，好像有这么回事。"风沐点点头。

看来孙庆亦也曾试图套取风沐这边的资料，并以转到新智能
科技工作为诱饵。不料风沐正是从新智能科技过来的，自然对他
的提议不感兴趣。

"那么当时在新智能科技到底发生了什么呢，以至你离开了
那家公司？"我问道，"我希望你能告诉我，这会对案件的侦破
有很大的帮助。"

风沐努了一下嘴，有点不情愿。

"这些事我本来不打算回忆的。"她说，"既然梁警官你这么
想知道，那还是告诉你吧，免得你又怀疑我。

"已经是好几年前的事了。那个时候我遇到了一些很不顺心
的事，生活不如意，于是干脆把全部精力都放在了科研上。我最
关注的领域是机器人，因为当时强人工智能早就发展得差不多
了，一个虚拟的人工智能和人类交流起来毫无问题，但是还没有
技术能给人工智能构造出一个完美的身体。

"我投入全部的热情去搭建机器人的身体，编写代码为机器
实现各种各样的动作。你可能看过我们这里的送餐机器人吧？那
就是我的作品。小小地吹嘘一下，能够编写出把动作完成得这么
精准的程序的人，这里独我一个。

"当然，那时我还在新智能科技工作。经过一番努力，我取得了不错的研究成果。通过算法的创新，我能让机器人的手臂做出非常复杂的动作，达到人类的水准。但就在这时，我和我的上司发生了一番争吵。

"此前我并不知道上司的想法。我原以为他只是对我的研究感兴趣，所以才组建了团队让我放手去做。直到那天，他透露出自己的真实想法。原来他的志向并不在机器人，他是想把这些复杂的机械设备移植到人类的身体上，以实现增强人类体力的目的。

"这是我最不能接受的。我一直抱有一个信念，人类要优于人工智能。即使人工智能在很多领域超越了人类，人类的某些特质依然令人工智能难以望其项背。受限定理已经证明，在有些方面人工智能永远无法达到人类的高度。

"那么把机器手臂移植到人类的肉体上又算什么呢？人类根本不需要追求这些虚无的力量，因为人类本身已经足够完美了，这种完美是机器不能企及的。把机器安装在人的身体上，既是对人类的亵渎，也是对我辛苦研究出的机器的不尊敬。

"我和上司大吵了一架，谁也无法说服谁。我干脆辞职离开了新智能科技，来到宝石科技工作。我觉得这里的工作氛围要好很多，除了必要的任务，刘老板完全放任我们做自己喜欢的研究。我很喜欢这里。"

最后，她又总结一般地说道：

"所以，我在新智能科技工作的经历真的与案子完全无关。梁警官，之前没有把这件事告诉你，真是对不起。"

风沐摆了个手势表示歉意。我也挥了挥手，示意没有必要。

"不必道歉。要真是如你所说，那这件事确实跟案件关系不大。"

听上去，风沐在新智能科技的工作经历和凌舟案或孙庆亦案并没有什么关联。或者有潜在的联系，我暂时还没有发现。

"问你几个其他的问题吧。"我说，"你说过，自己的计算机被攻击了，攻击的一方是孙庆亦，是吗？"

"没错。"风沐用力地点了点头，"不过没有丢失什么数据。而且我很快发现攻击者使用的是孙庆亦的电脑，就像……就像是故意想让人发现一样。"

"当时的时间呢？我记得是在案发前？"

"没错，大概是在十一点五十分吧。我去找孙庆亦，但没人开门，之后我就去找梁警官你了。"

"很好。"我双手合十，轻轻地拍了一下手，"还有一个重要问题。这是一个主观的问题，很多人都回答了，现在我想听听你的看法。你怎样评价凌舟这个人呢？"

"凌舟吗……他是一个真正的天才。"风沐发出了由衷的赞叹，"我们这里没有一个人能比得上他，即使在全世界范围内他都是独一无二的。他是和阮宏教授一样的流星般的人物。可惜了。"

"那你对他的研究怎么看呢？"我问，"你觉得他能做出超越阮教授的成果，成功突破受限定理吗？"

对于这个问题，风沐没有立即回答，而是沉思了片刻。

"我觉得他能做到，"最后她说，"他无疑是一位充满创造力的人，如果假以时日——不，说不定他已经找到了那个答案。然而随着他的离去，这一切都没有任何意义了。"

我点头表示赞同，又问了一个新的问题："对了，风小姐，你喜欢机器吗？"

"当然。"风沐似乎对这个问题感到莫名其妙。

"真心喜欢吗?"

"我最喜欢机器了。"风沐笑着说,"要不我为什么会留在这呢?"

"好,我知道了。"我说,"多谢你的配合。"

我示意风沐离开房间。望着她离开的背影,一丝疑惑涌上我的心头。

"为什么会这样……"我自言自语地嘟囔着,"这说不通啊,动机是什么呢……"

"怎么了?"千帆问我道。

我没有回答,反问千帆:"你觉得风沐是凶手吗?"

"她?"千帆停顿了一下,"不太像吧。再说,她有不在场证明。孙庆亦死亡的时间点上,她不是正和你在一起吗?"

"的确,从作案时间上看,风沐是最不充裕的。强行说的话,她必须要用最快的速度杀人,之后再以最快的速度赶到我的身边,或许勉强来得及。"我说,"主要的障碍在于密室。如果她是凶手,她是没时间去构造密室的。但在密室的疑问解决之前,我们不可以对任何一个人放松警惕。"

我回想着刚才风沐说过的话,又补充道:

"风沐表现出了一种对于人类这种生命体异常积极的态度。在现在这个年代,她的这种态度已经很少见了。对于当前的科学家来说,更为普遍的观点是推崇人工智能,认定人工智能才是人类的希望,经济、科技、政治、伦理道德,一切都将围绕人工智能展开。尽管有受限定理存在,人工智能依然会得到卓越的发展,甚至有可能冲破这一定理的束缚。这才是科学界的主流观点。

"而风沐，她同时表现出了两种对立的观点。首先，她作为一个科学家，自然会受到主流科学界观点的影响，但又同时认为人类具有人工智能所不具备的优越性。这两种观点是很难调和到一起的，就像一个否定进化论的宗教学者很难成为顶尖的生物学家一样。奇怪，她一边把自己开发的那些机器人当作孩子一样看待，不断地给它们添加新的功能，一边又不断强调机器永远无法达到人类的程度，这不是很矛盾吗？"

我看着千帆的身影，想到风沐刚才的样子，皱眉道："最令我担心的是，风沐对你表现出了一种病态的痴迷，这似乎不太正常。"

"啊。"

千帆轻轻地叫了一声。

"我倒是觉得有一点害怕她。"千帆小声地说道，"她太热情了，让我有一种很不舒服的感觉。"

"千帆，我要问一个很重要的问题，你一定要仔细回答。"我说，"今天上午，你突然病倒了，那时候风沐送你回房间。之后发生了什么，你还有印象吗？"

"我一直在房间里休息呀。"见我一脸认真的样子，千帆十分不解，"后来就睡着了。"

"再之后呢？你什么时候醒来的？"

"是风沐叫的我。她说你在孙庆亦的房间，事情好像不太对劲，让我过去看看。那时候我觉得自己的身体状况已经好很多了，就立刻赶过去了。"

"当时风沐有没有做出过什么特别的举动？"

"这我没注意。"千帆摇头。

"在现场的时候你跟我说过，感觉房间不太对劲，"我说，

"那现在你回想一下，这种感觉是什么时候有的？是刚进房间的时候吗？"

千帆想了很久，最后告诉我："也不是一进房间就觉得不对，而是在某一个瞬间，突然就感觉到房间里不太对劲。不过我真的说不出来是什么原因，更像是一种模糊的直觉。"

"没关系。"我说，"不过，你能想起来这个瞬间是什么时候吗？更靠近你进入房间的时候，还是更靠近我们一起侦查现场的时候？"

"我想更接近于进入房间的时候。"

听到答案之后，我长吁了一口气。

"看来真的是这样。"我嘟囔着。奇怪的是，我并没有感受到想通答案时的喜悦，反而觉得很沮丧。

"梁警官？"

耳边传来千帆关切的声音。

我猛地摇摇头，把负面情绪赶走。千帆还是不太放心，我只能随便说两句先应付了过去。我决定先不把我的推理告诉千帆，因为我担心她也会像我一样，沾染上糟糕的情绪。

"我们继续询问吧，"我跟千帆说，"我还有一个人想问。"

我再次给王警官发消息，请他帮忙把人带上来。

魏思远仍然穿着他那身黑得吓人的衣服。为什么他不换衣服呢？想到这个问题的瞬间，我突然意识到自己的想法很奇怪，因为我才到这里两天，不换衣服也是很正常的。不过看到魏思远的装扮我总忍不住要想，会不会他只有这一件衣服呢。

"梁警官，"魏思远说话依旧不太客气，"我想你需要做的不是不断骚扰一个需要工作的员工，而是赶紧查清案子，好让研究所恢复工作。"

"放心，魏先生，我们把你叫过来并不是怀疑你，而是想确认一下，是否还有什么遗漏的地方。"

"那赶快吧。"魏思远不高兴地说道。

"如果冒犯到你我很抱歉，但我不得不再问一遍，"我说，"在凌舟案现场找到的草稿纸，你真的没有任何解释吗？"

听到这个问题，魏思远并没表现得像我意料中一般恼火。他用手捂着脸，一副无可奈何的样子。

"警官，这件事我真不知道。"最后他平静地说道，"我承认那张纸很像是从我的草稿中抽出来的，但是我从来没有去过博物馆。博物馆里都是一些无聊的东西，我平时绝对不会在那里面浪费时间。"

"好，我相信你。"我说，"那你知不知道有谁可以进你的办公室，接触到那些草稿呢？"

"要说最有可能的，就是凌舟本人了。"魏思远说，"我平时经常和他争论一些学术问题，他最常出入我的房间。"

或许是想到了往日和凌舟争辩时的情景，魏思远又补充了几句。

"凌舟的一些观点非常新颖，如果真的能把那些创意一一实现的话，他会成为和阮宏教授一样伟大的人物。不过我觉得他有点太过激进了，他不喜欢传统的学术观点，对很多东西，甚至是受限定理都抱有否定的态度。当我试图说服他时，他会用一种戏谑的态度嘲弄我。他似乎有点瞧不起我，总是拿一些事情跟我开玩笑。然而我并不觉得他有多么了不起，凌舟太过恃才傲物了，我承认他有一些天赋，但他远远没有达到可以睥睨众生的高度。"

"那么受限定理呢？凌舟的目标是突破受限定理，你觉得他有机会吗？"

"绝无可能。"魏思远脱口而出，"这个问题我已经说过很多次了，受限定理是一条非常优美的定理，无论是凌舟还是其他的什么人，都没有半点可能毁掉它。"

我有点被搞糊涂了。这是一种和风沐相矛盾的说法。风沐觉得凌舟是有机会的，而魏思远坚定地认为凌舟没有机会。魏思远对受限定理的信念非常坚定。

我到底应该听谁的呢？我默默地想了一下这个问题，最后哑然失笑。除非我再花上十年的时间去研究人工智能，否则我根本想不出答案。

"假设，我是说假设，"我说，"假设凌舟真的研究出超越受限定理的方法，并把它应用到福尔摩斯机器中，那会怎么样？"

"福尔摩斯会复活。福尔摩斯机器会在真正意义上拥有自己的思维，而解决福学问题自然会变得非常简单，因为对于他来说那不过是自身的记忆而已。而且由于具有了福尔摩斯的人格和情感，他能够做出将感性和理性相结合的判断，在这一点上，福尔摩斯机器将比以往的智能推理机更为强大。"说到这里，魏思远忍不住又说道，"但这都是不可能的事情。"

我点了点头。魏思远没有意识到，他的回答对我启发很大。

"我还想问一下孙庆亦的事。"我又问道，"关于他，你有什么想告诉我们的吗？"

魏思远似乎没料到我会问他这个问题。

"孙庆亦？"他摇了摇头，"我不怎么和他接触，对他了解不深。"

"如何？"或许是猜到了我会问她，千帆先问我道，"你觉得魏思远有嫌疑吗？"

"我还想听听你的意见呢，你倒是抢先问我了。"我笑着说，"那我先回答吧，嫌疑自然是有的。从动机的角度来看，虽然魏思远本人不承认，但他会不会对凌舟抱有一种嫉妒的情绪呢？我们问过的每一个人，就连魏思远自己，都承认凌舟是一个天才。但是我们问了这么多人，却没有一个对魏思远表露出很敬佩的样子吧？一提到福尔摩斯机器项目的负责人，大家首先想到的就是凌舟，这会不会让魏思远滋生出一些不满呢？"

"我同意，学者之间的嫉妒心可是很可怕的。"千帆补充道，"但是对于孙庆亦，他好像没有杀人动机。"

"嗯，但我更关注凌舟案。我想，魏思远和凌舟之间的关系，是这起案件中不可忽略的一个要素。而且，现场的那张草稿……"

我看着桌子上写满线索的纸，若有所思。

就在这时，会议室的门被一把推开了。秦欣源一脸严肃地走了进来，门口的王警官一脸歉意地看着我，应该是他试图阻拦但没有拦住。

"梁警官，我有话想跟你说。"秦欣源说。

"看来，我们今天一定要跟每一个人都谈一遍了。"我笑着对千帆说。

我指了指面前的椅子。

"请坐吧。"我说出这句已经说过很多次的台词。

6

"抱歉,之前我一直隐瞒了一些事。"秦欣源说。

没关系,大家都这样。我在心里暗想。

秦欣源的气色比之前好了一些,虽然还有些憔悴,但至少不再那么颓丧了。她换了一身浅色的衣服,看起来更像年轻人了。

不知是什么缘故,她从凌舟去世的悲伤中走出,心态发生了某种变化,因此才来见我。我想她要跟我说的事情十分重要。然而,我自以为做足了心理准备,不料她说的第一句话就把我惊讶到了。

"我知道凌舟是怎么死的。"她说。

一时间我不知道如何是好,只能静静地继续听她讲。

"梁警官,你已经知道了,福尔摩斯博物馆是我和凌舟一起设计的。他很喜欢福尔摩斯,给我提了不少有用的意见。可是有一件事我始终无法理解,那就是拿破仑像、玻璃瓶、电动平台一起构成的机械装置。凌舟向我提出了这种设计方案,但并没有解释原因,只是告诉我一定要这么实现。也许他猜到了我会按照他说的做。我对他一直无条件地信任。

"装置的功能并不复杂,只要通过电子设备向装置发送启动命令,平台的一侧就会升高,拿破仑像重心不稳,会掉落下来砸破玻璃瓶。我想不明白这个装置的用处,为什么要让雕像砸破瓶子呢? 可是凌舟一直不告诉我答案, 他只是笑着敷衍过去, 只留下我自己为这件事情苦恼。

"命案发生后我当然想明白了, 那是一个杀人装置。杀死凌舟的正是他自己。

"梁警官, 我知道这么说你可能会不相信, 但其实你对凌舟不够了解。包括我在内, 这个研究所的人都对凌舟有一些误解, 这件事我是今天才想清楚的。

"我还是说昨天上午发生的事情吧。上一次梁警官你问我, 案发前凌舟为什么把我叫了过去, 我说是在讨论学术问题, 那不是实话。昨天上午, 凌舟突然把我叫过去, 没有任何征兆, 我完全不知道他要跟我说什么。事实上, 他说的话的确把我吓住了。

"他说他马上就要全明白了。他说福尔摩斯机器即将诞生, 他的研究成果将改变人类的历史, 往昔的人工智能理论会像过时的衣物一样被遗弃, 所有人都将知道凌舟的定理才是这个世界的未来。

"我追问他那是什么意思, 他神秘地笑了笑, 对我说了四个字, 受限定理。我立刻明白了他的意思——他找到了答案。受限定理是强人工智能的最后一道枷锁, 而在多年的努力之后, 凌舟终于解开了这道锁。他找到了突破受限定理的方法, 往后的机器将不再受到这条定理的束缚, 释放出全部的力量。

"凌舟说他构建了一整套新的理论, 旧的受限定理只是新理论的一部分, 而在满足某种特定条件的情况下, 机器可以不受其影响。他会把新的定理命名为凌舟定理。

"凌舟完全沉浸在喜悦之中了。想象一下吧, 这是件多么伟大的事! 我们每个人都在教科书上学习过, 智能机器无法解决和智能机器有关的问题, 正因如此, 智能机器的应用才有所缺憾。

由受限定理衍生出的其他定理同样捆住了机器的手脚，受限定理就像它的名字一样，彻底限制了科技的进一步发展。而当受限定理不再是一条金科玉律时，这个社会会发生怎样翻天覆地的改变？而这一切，都是凌舟带来的。

"他太高兴了，他终于等到了这一天，能向全世界证明自己。很长一段时间之内，他都被称作天才，可他没有能匹配天才这一称号的成果。人人都说他是天才，每个人都在夸赞他的天赋，可无论他做出什么样的东西，都没能令学术界感到震惊。他的声名远远低于他的老师阮宏，因为阮教授的受限定理为人工智能的科学研究定好了框架，后世之人只能在框架内缝缝补补。无论是凌舟还是其他人，都不能享有和阮教授一样的盛名。

"可是这一次，他能够颠覆整个学界，从此凌舟的名字将和阮宏一起永远地留在史册上。这怎能不令他喜悦若狂呢？

"遗憾的是，所有的这些都是我事后才想到的，当时的我只是单纯地为凌舟感到高兴。后来凌舟让我先回自己的房间，他还有任务要做，要把自己最新的研究成果应用到福尔摩斯机器的研制上，完成刘老板的梦想。

"我并没多想，听了他的话回了办公室。而在不到一个小时之后，凌舟就死了。"

秦欣源的表情十分平静，但是，泪水却顺着她的脸颊流了下来。有些情感不是意志所能控制的。

"我知道他是怎么死的，我立刻就明白了。他是自杀的。他最终也没有突破受限定理，他发现研究出了错，原来这么多年的辛苦换来的只是一无所获。他无法接受这一事实，于是利用了那个杀人装置，结束了自己的生命。

"我们都忽略了。凌舟一直被当作天才来看待，却没有人看到他内心脆弱的一面。他隐隐约约地觉得自己不配享有天才的名号，因为他没有与之相配的科研成果。他把所有时间、整个生命都投入科研工作中，渴望有一天会超过阮教授，突破受限定理。而这种情感越强烈，理想破灭时就会越绝望。

"我没有注意到，不知不觉中凌舟已经变得很偏执了。他认为受限定理一定能突破，而突破它的人只能是自己。这几乎变成了他内心强烈的信念。如果他发现自己用尽力气取得的东西只是空想，他一定会崩溃。我现在甚至怀疑，凌舟把我叫过去，跟我说的一切都是假话。他并没有突破受限定理，那只是假想中的情景。那时他开始发痴了，他幻想着功成名就，青史留名，并把我叫过去当作见证人。可是当美梦醒来，他才恍然发现原来什么都没发生，自己还是那个自己。他无法接受这样的事实，便结束了生命。"

我仔细地听着秦欣源的讲述。不得不承认，她说的话在某种程度上打动了我，一个天才陨落的故事最能打动人心了。可是，办案不能靠情感，如果凌舟是自杀，那很多问题没法解释。

"秦小姐，假设一切如你所说，那凌舟死前为什么要到机房里面去呢？"我问道。

"他去删掉福尔摩斯机器中的数据。"秦欣源回答道，显然这个问题她想过了，"凌舟不愿让人知道他最终也没能成功地突破受限定理。另外一个证据就是凌舟计算机中的数据。凌舟曾经说过，福尔摩斯机器的项目有了重大进展，大概就是有关受限定理的部分。可他自己删掉了那部分，原因也是不想让别人发现其中的错误。"

"我要纠正一点，福尔摩斯机器中的数据并没有被删除，被删掉的只是福尔摩斯的运行记录而已。"

206

"都一样。"秦欣源说，"凌舟只可能是自杀的。除了他，没有人知道电动装置的事情。除了自杀还能有其他解释吗？"

"秦小姐，你也知道电动装置的事情。"

"可是我不会……"

"当然，我不是在指认你为凶手，"我说，"我只是在说存在其他的可能性。凌舟自杀的说法解释不了所有的疑问。他为什么要做那个电动装置？他总不能预料到自己会自杀吧？他说的'他们会是凶手'是什么意思？之后的孙庆亦案又是怎么回事？"

"这些需要你去解决。"秦欣源说，"我能做的是把一切毫无保留地告诉你。"

"那能不能告诉我，你为什么改变了想法呢？"我追问道，"之前你一直向我隐瞒这些事，可突然之间你就把一切全都告诉我了。"

"我之前并没有把所有的事情都想清楚，是今天上午我才想清楚的，所以昨天我不想把凌舟对我说的那些话告诉你。"秦欣源坦诚地看着我，"而在我想明白之后，我意识到凌舟一定不想让人知道他死亡的真相，所以才采取这种方式自杀。我应该顺从他的意愿，隐瞒这一切。其实，是梁警官你的话改变了我的想法。"

"我的话？"

"没错。那时候我认为，揭露真相只会让社会上的人用异样的眼光看待凌舟，于事无补，甚至给研究所里的人带来痛苦。可梁警官你说得对，掩耳盗铃没有任何意义，凌舟是为受限定理而死的，即使我不说这一事实也不会改变。我们能做的不是掩盖凌舟去世的真相，而是继承他的志向，争取早日突破受限定理。"

说这话的时候，秦欣源的眼睛里闪烁着一份坚定。

"是吗，你是这样想的……"我点了点头，表示对她的鼓励，"那么放手去做吧，祝愿你能成功。"

　　在秦欣源离开了会议室后，千帆坏笑着说道："我知道你接下来要说什么。"

　　"说什么？"

　　"你一定会分析秦欣源是不是凶手，是否有作案动机。"

　　"我给你留下的印象就这么冷血吗，"我叹了一口气，"刚听完这么打动人心的故事，转眼就要怀疑她杀了凌舟？"

　　"这是你的优点呀，办案时不为感情所左右。"千帆不合时宜地表扬了我一句。

　　"好吧。那这次你来说说，秦欣源有什么作案动机？"

　　"她爱凌舟，这一点就足够了。爱是最复杂的情感了。"千帆认真地说道，仿佛一个情感专家，"由爱生恨的故事实在太多。持有的感情越深，得不到回应时转变得越疯狂。"

　　"你看得倒是透彻。"我摆了一个佩服的手势，"你说得对，疯狂的爱会催生很多事。而且我不觉得凌舟是自杀。"

　　我看了看桌上的线索纸，然后站了起来。

　　"秦欣源的叙述让我又明白了一些事情。如果把凌舟案比作拼图，那么最重要的一块已经被拼上了。这不是自杀，绝对不是。"我大声地说道，"这是谋杀，性质极其恶劣的谋杀，手法无比精巧的谋杀。"

　　也许是我的声音太大了，门外的王警官好奇地走进来看了看。

　　"你来得正好。"我说，"帮忙把沃森带过来，我有话要问他。"

　　沃森还是和以前一样，虽然模样打扮得正经，却总在细枝末节的地方让人忍不住发笑。

"梁警官，您找我？"他说话的时候挺直了身体，似乎在为自己被警察询问感到自豪。

"沃森博士，通过今天上午的接触，我发现你是一个极其聪明的人。所以，关于这起案件，我需要听一下你的意见。"我说。

"听到您这么说我很荣幸。"听闻此言，沃森非常高兴，"如果有什么能帮到忙的地方尽管说。"

"今天上午我询问你的时候，你说孙庆亦是凌舟案的凶手。"我说，"现在看来，这个推论似乎有一点问题呀。"

"呃……"沃森尴尬道，"这个……"

"没关系，谁都会犯错。"我语气柔和了一些，"现在最重要的是抓到凶手。凌舟案的凶手身份还不明朗，但是如果有你的帮助，我想我能抓到那个凶手。"

"真的吗？"

"真的。尤其是你的'华生理论'，我想对案件有很大帮助。"

"那太好了！"沃森顿时来了兴致。他习惯性地试图抓住所有时间来普及自己的华生理论。

沃森开启了喋喋不休的演讲模式。与上次不同，也许因为对福尔摩斯故事越来越感兴趣了，这次我听得津津有味。为了表示自己对此感兴趣，我还特意问了一个问题。

"我想请教一下，"我说道，"你说过制造福尔摩斯的同时就可以制造出华生，这是可行的吗？"

"没错，我虽然不是人工智能专家，但由于时常跟高手们待在一起，耳濡目染，也懂了一点专业知识。其实原理很简单，制造福尔摩斯机器需要的数据是原著六十篇正典故事，而制造华生机器也是如此，二者需要的数据是完全相同的，不同之处只是算法上的小改动。可以说，只要福尔摩斯机器研制成功，就立刻可以研制出华生机器了。"沃森信誓旦旦地说道，"只可惜，目前还没有人认识到华生机器的重要性，这也是我不断游说其他人的目的，华生机器远比福尔摩斯机器有价值。华生的启发作用才是最伟大的，有了福尔摩斯机器，我们不过是有了一个厉害的侦探，而倘若有了华生机器，我们就能拥有千千万万个厉害的侦探。"

"是吗，那可太好了。"我附和道，"沃森博士的解说让我受益颇多呀，真不愧是华生权威。对了，我还想请教一下，有哪些案件最能见证福尔摩斯和华生的友谊呢？"

"那自然是《三个同姓人》一案了，福尔摩斯那句'如果伤害了华生，就别想活着离开这个屋子'我可是记忆犹新呀！除此之外，《米尔沃顿》一案……"

他又讲了很长时间。我细细地听着，而在听完他的念叨之后，我顺势设下了一个陷阱。

"我记得《魔鬼之足》一案中，"我说，"华生跟福尔摩斯的冒险经历也很令人难忘啊。"

"是啊，"沃森丝毫没有察觉，还在兴奋地讲着，"那个案件也是福尔摩斯和华生友谊的见证，他们一起……"

我看着沃森，嘴角挂起微笑。我的恭维让他太过得意忘形，不知不觉间暴露了自己的秘密。或许是注意到了气氛的变化，沃森突然停住，脸色也变了。

不错，我的推测是对的。

此前我与沃森的闲聊都是为了让他放松警惕，直到问出这个问题。而沃森的反应正好验证了我的想法。

"沃森博士，"我说，"如果我没猜错的话，杀死凌舟的毒气瓶就是你放在博物馆里的吧。"

沃森咬了咬牙，手握成拳头，似乎在懊悔刚刚的轻率。

"梁警官，你在说什么，我听不懂。"

"你的表情已经出卖了你。"我说道，"如果说刚才只是猜想，那么现在我已经确定了。毒气瓶是你放进去的，你把染色的空气从玻璃瓶中取出，并向其中注入了魔气。"

见到我信心十足的样子，沃森也不再隐瞒了。

"你是怎么知道的？"他问道。

"上午去你的办公室时，你曾经把书架上的两本书对调了位置，原因是没有按照出版时间排序。"我说，"那个时候你的表情很有趣。在看到书的顺序乱掉时，你眉头紧锁，而恢复了顺序之后，你的眉头一下子舒展开了。那时候我就意识到，你在对待福尔摩斯相关的事件时有强迫症的倾向。我从其他人那里了解到，你经常去博物馆，那么在见到玻璃瓶里的气体时，你会不会忍不住把其中的气体换成真正的'魔鬼之足'呢？"

"他们太不严肃了。"沃森激动地说着，稀疏的头发和修剪得工整的胡子也随之颤动，"那可是《魔鬼之足》啊！那是他们俩最接近死亡的一次，在那起案件中，华生救了福尔摩斯的命！这么有意义的故事，他们居然把赝品放在里面？开什么玩笑！"

"所以你就用魔气换掉了里面原本的气体？"

"是的，必须换！我查过，魔气是最接近《魔鬼之足》中所描述的气体的，这种气体能让人产生强烈的幻觉，甚至致死，再适合不过了。"在说出这句话之后，沃森好像也意识到了此言不妥，态度又从气势汹汹变回了毕恭毕敬，"不过我真的不知道凌舟会因为这个死掉啊。那是放在玻璃瓶里密封的，根本不可能泄漏出来啊。"

我摇摇头。

"沃森博士，很遗憾地告诉你，你是导致这起命案的罪魁祸首。"我说道，"如果不是你那毫无意义的自尊心和愚蠢的举动，根本不会发生这起命案。"

"可，可我……"沃森有些语无伦次了，"我也是为了博物馆好啊！怎么能放假的气体呢，我……"

"不必再说了，你走吧。"我摆了摆手。

沃森一脸落寞地离开了。他那被宽大的衣服罩住的身影似乎缩小了几分。

"真令人意外，居然是这样。"千帆感叹道，"没想到你还挺厉害的嘛。"

我随便应了一句，心里还想着刚才的场景。刚刚，沃森有几句话触动了我，而在那几句话里隐藏着一件重要的事情。

"又怎么了？"千帆注意到了我的冷淡。

"华生机器。"我反复嘟囔道，"华生，机器，福尔摩斯机器。难道说……"

原来这就是最后一片拼图。

"尤里卡！"我站起来喊了一句。

"什么啊，一惊一乍的。"千帆不满地抱怨道。

此刻我完全沉浸在破解了难题后的喜悦中。我回过头，激动地拽住她的手，说道："我明白了。"

千帆轻轻地叫一声，甩开手，害羞地退了一步。但是她没能忍住心中的好奇，急忙问我道："你明白什么了？"

"凌舟案的真相！"我说，"凶手是谁，作案动机是什么，他利用了怎样的手法，我都明白了！"

7

"梁警官、千帆警官，还有其他的几位警官，你们都辛苦了。稍后我会为你们送一些小礼物略表心意。"刘百箴诚恳地说道。

"多谢刘老板的一番美意。"我说道。我用余光瞟了一眼周围，站在墙边的王警官正期待地眨着眼睛，好像在猜测礼物是什么。唉，这个人。

"我听说你们破案了？"刘百箴问道。

"嗯，快了。"我说，"不过刘老板，我更想和你谈一谈其他的事情。"

"哦？"他说，"什么事？"

我品味了一下，短短的一句话，刘百箴的语气却十分复杂，既有轻描淡写，又有一份沉稳，还有一点指责的意味。轻描淡写说明他对我突然提出的话题并不感到惊讶，沉稳似乎暗示着无论我提出怎样的问题他都能顺利回答，而指责则是在埋怨我为什么不尽快说破案的事，而要先说其他的。

会议室的这张桌子很宽，把坐在两边的人分得很开。我和千帆坐在桌子的一侧，刘百箴坐在另一侧。二对一，然而在气势上刘百箴要更胜一筹。他就像是一抹由于调色盘倾倒而混合在一起的色彩，永远不知道由哪些原色组成。

我始终对刘百箴喜欢不起来。

213

"刘老板,"我说,"案件解决之后你有什么打算?"

"我还是想把福尔摩斯项目进行下去。"刘百箴说,"这不仅是我的梦想,也是实现宝石科技未来布局的重要一步。"

"不太容易吧。"我说,"据我了解,凌舟去世之后,福尔摩斯项目就算是停滞了,而且凌舟所取得的突破性进展的数据也消失了。"

"只要能破案就好,快点让研究所早日恢复正常的运转,剩下的不要紧。"刘百箴淡然一笑,"大不了从头再来。"

我有些惊讶。我没想到刘百箴竟能说得如此坦然。凌舟被杀,数据消失,这些事情在他眼中只是一时的困难,无法成为遏止他前进的阻碍。

"其实我一直想问,当初你为什么要创办宝石科技呢?"我说,"那时候人工智能技术还处于低谷期,所有人都认为关于强人工智能的探索不过是一场泡沫,智能公司要么破产要么转型,可你却反其道而行之,创立了宝石科技这家以人工智能技术为主要业务的公司。"

"梁警官,"刘百箴没有直接回答,而是反问我,"你应该了解大罢工年代吧?"

"知道一些。"

"那你知道为什么那时候的人疯狂地反对人工智能吗?"

"因为担心被人工智能抢走工作。"

"这不是本质原因。"刘百箴摇头,"那时候人们之所以反对人工智能,是因为他们惊愕地发现,科技的进步居然使得人工智能可以胜任如此复杂的工作。医学人工智能为你治疗,法官人工智能决定是否给你定罪,就算在消遣时读的也是写作人工智能出版的作品。这已经不是工作被抢走的问题了,被抢走的是人类的自尊。"

刘百篪扬起了嘴角，但脸上露出的不是笑容，而是一种复杂的表情。

"他们为什么反对人工智能？因为人工智能已经实现了质的突破，以庞大的算力作为基础模拟出了人类的思维过程，而思维正是人类引以为豪的特质，是人类得以区分自然界其他物种的关键。我们不对飞机或者烤箱感到恐惧，是因为自然界存在能飞的生物，存在物质变热的现象，但是自然界从不存在能够像人类一样思考的物种或者其他的什么东西。这是神授予人类的礼物。"

说这些话的时候，刘百篪的眼睛清澈又闪亮，像极了一个二十岁的年轻人。

"现在依然没有任何办法能破解人类思维的秘密。但是，我们居然可以用机械方式模拟人类思考的结果。人类的思维过程依然神秘，可借助于恐怖的存储空间和算力，我们强行创造出了一种机械的手段，能够得出和人类思考相同的结果。我们在担当神的角色。"

"如果给你一个成为神的机会，"刘百篪笑着对我说，"你难道会放弃吗？"

我不置可否。

"可惜的是，在低谷期，大部分人没有这样的远见。他们屈服于眼前的困难。"刘百篪说，"大罢工已经是低谷期十多年之后的事了，直到那时人类才意识到人工智能的强大之处。但宝石科技始终是时代的先驱者。这么多年，宝石科技经历了风风雨雨，可依旧坚持下来了，因为于我而言，人工智能是一种信仰。我不仅认为人工智能的发展会帮助解决让我们困惑已久的科学问题，而且我也相信，纵使现在人工智能技术还有很多不确定的地方，它仍然是解决人类社会一系列弊病的希望。我想说一段福尔摩斯曾经说过的话。'会刮东风的。这种风在英国还从来没有刮过。这股风会很冷，很厉害，华生。这阵风刮来，我们好多人可能就会凋谢。但这依然是上帝的风。风暴过去后，更加纯洁、更加美好、更加强大的国土将屹立在阳光之下。'"

听完这番话后，我沉默了许久。多年以来萦绕在我心头的问题终于有了答案，然而我并没有产生什么特殊的情绪，只是觉得疲惫。

自从来到这个研究所后我一直在观察，我想知道宝石科技是一家怎样的公司，在这里工作的是什么样的人，人工智能是一个怎样的行业。我试图找到答案。

"刘老板，"我说，"你还记得塔菲吗？"

"塔菲我当然记得。"

"那和它对弈的棋手呢？你还记得他的姓名吗？"

"这个……"刘百箴沉吟了片刻，"记不住了，毕竟这么多年过去了。"

不出所料的回答。我想叹一口气，却又叹不出来。

塔菲是为宝石科技带来巨大声望的明星产品。塔菲石是一种名贵的宝石，刘百箴用它来给自己公司的围棋程序命名，表明了他对其寄予的厚望。

"好了，我没什么想问的了。"我说道，"刘老板、王警官，你们去把其他几个人都叫来吧。我想在这里把两起案件所有的事情都讲清楚。而且我觉得，这个研究所里的人有知道真相的权利。"

刘百箴似乎想说些什么。见到他犹豫的样子，我说道："放心吧，我不会做出有损研究所声誉的事情。再说，如果凶手是研究所里的成员，对其他人来说也是瞒不住的。"

听到我这么说，刘百篪只好离开了。王警官纳闷地看了我一眼，也跟着离开了。

现在空旷的房间里只剩下我和千帆了。

"你似乎有一点不舒服。"千帆再一次敏锐地捕捉到了我的心理变化，"没事吧？"

"没事。"我对着千帆挤出了一个笑容。

我闭上眼睛。

我想到一个深奥的问题。对于人工智能来说，是否存在一个被认可的神灵呢？如果人工智能感受到无助和悲伤，会不会求助于神灵以得安慰？

如果真的存在人工智能的神灵，那么它似乎就在这个房间里。它在动用自己的神力令我精神紧张，以致无法清晰地思考，而我要用尽所有的力气与坚强的意志才能稍微与之抗衡。

这是一段焦虑而又痛苦的时间。一个残忍的凶手已经出现，就在这个研究所中。

我要找到凶手。

我能不能找到凶手……

就在这时，我听到了风吹过树枝的沙沙声。我忽然意识到，倘若终有一天机器将人类完全取代，他们所诞生的硅基文明也不过是我们碳基文明的延续，就像在这个研究所内发生的事情不过是人类社会中某种争执的延续。

我睁开眼睛。

"千帆，"我说，"我想问你一件事。"

"问呀。"

"如果侦破这起案件会给一个人造成巨大的痛苦，那我还要不要破案？"

"当然要啊。"千帆奇怪地望着我，"不是你说的吗，掩耳盗铃没有任何意义。"

我再次站起身。这次我走到了千帆的旁边。

"千帆，你注没注意到一件事。"我故作严肃地问。

"什么事？"千帆不解道。

"你已经好久没有戳我了。"

"咦？莫非你还有这种癖好？"

"戳我一下。"我说，"这能让我保持神志清醒。"

"这可是你说的。"

千帆用力地戳了我一下。有点疼。她还真下得去手。

"好了，万事俱备。"我说，"我们去抓凶手吧。"

8

阮教授的表情中混杂着困惑与惊讶。

"我的问题？"他重复了一遍我的话。

"没错。"我说。

听到我坚定的语气，阮教授忍不住笑了一声。

"那你说说，我有什么问题？"

"阮教授，这些天来您对我的照顾非常周到，这一点我一直是心怀感激的。"我说，"我并非想惹您生气，但我下面要说的这些话会涉及您的私事，还希望您不要介意。"

"但说无妨。"

"那么我就敞开说了。阮教授，从一开始我就觉得奇怪，您为什么会到我们这个城市来呢？我们这里并非多么发达的一线城市，如果要做科学研究，怎么也不应该选择这里吧。"

"我说过，这里是一个充满科技感的，拥有活力的城市。"阮教授不慌不忙地回答道，"这里的人们乐于接受新事物，与人工智能接触最多，所以我想在这里开展我的研究。"

"然而您并不打算大规模地开展研究。您研究需要足够多的病例，可您所采取的宣传方式是只在报纸上报道，我很怀疑这样是否真的有效果。"

"你说得对，我的确没打算大规模开展研究。对我来说，只要能和病人聊聊天，帮助他们解决一些问题就足够了，顺便还可以丰富一下我对人工智能心理学的认知。"阮教授笑着说，"这样不也挺好的吗？"

"对于研究来说，这是远远不够的。"我摇头道，"阮教授，您是一名很伟大的科学家。提出受限定理让您功成名就，可您并没有继续从事这方面的科研工作，而是另辟蹊径，转而提出了人工智能社会学、人工智能心理学等学科，并渴望在这一领域上做出开创性的成果。很难想象这样的您会甘于只与病人聊天。

"另一件我觉得奇怪的事情是，您没有带助手或者学生来。我已经拜访过您很多次了，却一次也没有在这里见到过其他人。而您的言论之中也从未提到过和自己的同事或学生一起工作。我怀疑，您完全是一个人来的。"

"没错，我确实是一个人来的。"

"这很奇怪。您最初来到本市的时候参加了一系列的学术交流活动，那个时候您是带了团队里的其他人一起来的。现在却只剩下您一个人。我只能认为您让其他人先回去了，而自己一个人留在这里。"

"是的。那又怎样呢？他们还有其他任务，就先回去了。"

"既然决定在本市开展研究，那肯定是事先计划好的，怎么反而让团队的其他成员先回去了？以您的身份地位，不太可能自己一个人在这里进行小规模的研究。而且在报纸上发声明的时间，距离您参加学术交流活动足足有一个多月了，如果早就计划好了要开展研究，就算是很小的规模，也应该早早做出声明，而不是等到一个月之后。我认为最初的时候您没有想开展研究，而是有其他的事情想做。"

"可是我并没有做什么其他的工作。这一段时间你经常来找我，你也看到了，我一直在单纯地研究病例。"

"我个人的理解是，您在这里是有其他事情想做，这是一件私事，不方便让其他人知道，所以把其他人先调回去了。而在做这件私事的过程中，由于接触到一些问题，您身为科学家的科研兴趣被唤起，决定在本市进行一些研究，所以才在报纸上刊登声明。"

"梁警官果然目光如炬。"阮教授平静地说道，"好，我承认你说得对，最初我是因为私事停留在这座城市。然而你也说了这是私事，那完全没有必要对此过度关心。"

"是啊，也许真的没有必要。"我说，"可我还是想说，这对那位病人不公平。"

也许是触动了心中所想，阮教授默然地看着我，没有说什么。

"阮教授，最先引起我怀疑的是您的打扮。"我继续说道，"我第一次见到您时，您打扮得很年轻，一点也不像中年人，那时我就觉得有点不对劲。因为过去我也曾多次在新闻和电视节目中见到您，您完全是一副人们印象中的学者做派，不修边幅也不善打扮。而我在现实中见到的人却完全不是这个样子，和过去看到的差别很大。

"注不注重外表与职业无关，与个人的性格有关。学者中也有一些人颇为注重外貌打扮，可是这种注重一般都是年轻时保留下来的习惯。阮教授您在过去并不是一个注重外表的人，现在却变得十分讲究了，这不得不引起我的怀疑。我们在第一次见面时，您甚至戴着棒球帽，也许是因为年龄大了头发有些稀疏，所以您用棒球帽来掩盖，可那时候您不知道我会来拜访，一般人待在自己房间里时也会戴棒球帽吗？可见您对外表的追求已经到了一个很严重的程度。

221

"能让一个不注重外表的人开始注重外表的理由，我想只有一个。那就是恋爱。阮教授，您爱上了一个人，她是您的病人，也是您停留在这座城市的理由。

"她应该是一位年轻女士。在与我闲聊的时候，您表露出对年轻人的羡慕，那是您想到了这位年轻女士时所说的话。您恨不得自己能年轻三十岁，这样就与这位女士的年龄相匹配了。

"我来这里的时候，您时不时地会请我吃一些精致的糕点，可您本人从来没吃过这些东西。我对甜点有一定了解，阮教授准备的东西都不一般，舒芙蕾松饼、杜果慕斯、马卡龙，都是颇受女性欢迎的甜点。我认为这些是您给那位女士准备的。

"我还注意到另外一件事。阮教授您的无名指上有一个不太明显的痕迹，这是戒指戴久了产生的压痕。我想到的是结婚戒指，既然产生了压痕，说明戴过很长时间，而压痕已经不明显了，说明摘下也有了一段时间，但时间也不太长，否则压痕会完全消去。阮教授很多年前就已结婚，但是最近您和您的妻子分开了，甚至到了要摘去结婚戒指的程度。婚姻生活的破灭让您不由自主地投入另一段感情中，爱上了一位年轻女士。

"我认为这位女士是您的病人。您在介绍那起病例时跟我说过，这位病人和我是您最重视的两个病例，您在我们身上倾注了非常多的心血。那时您的语气非常真诚，不似作伪。我来这里的次数很频繁，能与我这个病例相提并论的应该不是一般人。我想，另一个病例大概就是这位女士了。

"阮教授，我的推测是这样的。您来到这座城市之后，意外地与这位年轻女士相遇。她由于自身心理疾病的缘故向您求助，您热情地接待了她。然而，很快您发现自己爱上了她，情不自禁地想在这座城市多停留一会儿。由于年龄的差距，您担心有流言蜚语，于是就让跟您一起来的团队其他成员先行返回，自己一人独自待在这里，继续与她相会。而在不断接触她的过程中，您身为学者的那一面被唤起，您对这种特殊的心理状态产生了兴趣，就在报纸上刊登公告，看能否发现其他病例，如果发现的话就顺便开展一些研究工作，当作恋爱生活之余的点缀，而我就是那个点缀。阮教授，我说得对吗？"

阮教授注视了我很长时间，就像要把我整个人都看穿似的。他深邃的目光简直能将一切可名状的不可名状的事物全都吸进去，倘若是一个意志不坚定的人，很快就会被他的这双眼睛震慑住。我这才想起，坐在我面前，刚刚听完了我长篇大论的，是一位举世闻名的科学家，当世最聪明最杰出的人才。

"梁警官，"良久之后他开口说道，"我不得不再次感叹你的才华。我敢断言，如果你把自己那敏锐的思维用在科研工作中，如果你去学习人工智能这门学科，一定会取得很大的成就。"

"您谬赞了。"我说，"再说我也不喜欢人工智能。"

"可你为什么要说出这一切呢？即使你洞察了一切，也可以对此保持沉默。"

"是啊，也许保持沉默才是最好的选择。"我说，"但我还是想对阮教授您说几句，因为我很尊敬您，所以才想对您说这些话。爱上自己的病人是不道德的。在治疗的过程中，您与她的地位不对等，她向您求助，渴望您能治疗她的心理疾病，可您却没有克制自己的感情爱上了她。如果您愿意的话，也可以很轻松地使她爱上您，因为对自己的心理咨询师产生好感是一种很常见的现象，心理咨询的基础就是咨询双方建立一个良好关系，而且身为心理咨询师的人始终占据主导地位。这种不平等的关系是否能诞生真正的爱情，这一点我不敢妄自断言，但是您不应该乘人之危。她正处于脆弱的时候，而您却在利用这一点，您的打扮和准备的物品都说明了您不正当的居心。"

阮教授几次想说话，却欲言又止。他站了起来，把头扭向一边，不再看我了。他望向窗外，不知在思考着什么。最后他回过头，再次看着我，这次他的目光不那么吓人了，而是恢复了他固有的那种柔和。

"你说得对，是我错了。"他说，"我向你说了两个病例。一位恐惧人工智能，一位崇拜人工智能，其实这两位是一个人。很不可思议对吧？她是我见到的最复杂最奇妙的病例了，对人工智能抱有的种种正面和负面情绪混杂在一起，充斥着她的头脑。我用尽全力去帮助她，不料竟爱上了她。你说得对，这是不正常的，无论是我对她的感情还是她对我的感情都掺入了杂质。我爱她，缘于她是一个复杂的病例，她所表露出的种种症状令我着迷。而她对我更多的是一种信任，我想那不是爱。再怎么说，我们相差的年龄也太多了。"

阮教授换了一种语气，又变回了那位气质非凡的学者，笑着对我说：

"梁警官，是时候告别了。你已恢复得差不多，不再需要我了。接下来的事情你自己也能做，放松自我，端正心态，迟早有一天你能以一种客观又冷静的态度看待人工智能。"

"那她……"

"放心吧，我会妥善处理好的。"阮教授向我承诺道。

我和阮教授告别。我其实很不舍，这个地方给了我很多难忘的回忆，而我今天对阮教授说了太多过分的话，虽然他没有计较，但是这打破了我们之间原本的那种关系。我想，我很难再回到这里来了。

"梁铭,"临走的时候阮教授叫住了我,"我想再嘱托你几句。""您说。"

　　"我一点也不怀疑你能战胜自己过去的心魔,到那时,恐怕你对人工智能的认识要比其他大多数人都要深刻。"阮教授说,"然而,人工智能也不过是运行着固定公式的程序而已,这个世界上有太多事情远比它复杂,比如人类自身的情感。我对你的期盼很大,我希望你今后不只是一个能够冷静对待人工智能技术的人,还是一位能够冷静地看待人类感情的智者。我相信你能够做到。"

　　"我谨记在心。"我说。

9

　　他们都来了。刘百箴、魏思远、李岸、秦欣源、风沐、沃森，还有千帆、王警官和其他几位警察，所有人都待在会议室里，等待我揭晓真相。

　　夜幕已经降临。纵使会议室里灯火通明，与外面无穷无尽的黑暗相比也不过是螳臂当车。夜色即将吞没整座研究所。

　　今天真是漫长的一天。我深吸一口气，开始执行今天的最后一项任务。

　　"研究所里有两位员工遇害了。经过这两天的调查，我已基本查明案件的真相。很不幸地告诉大家，他们都是被谋杀的。

　　"让我先来说明凌舟案。关于这起案件，我和我的同事千帆警官有过一番探讨。我们总结出了凌舟案所有的疑点，或者说关键问题，一共有十五个之多。这些疑点有的和案情有关，有的和案情无关，但不管怎样，如果能够解释所有的疑点，那自然能得到案件的真相。

　　"这些问题的解答对案情并不是全有帮助的。比如我曾经非常关注的反福尔摩斯机器化协会的事情，以及新智能科技公司的事情，事实上和凌舟案几乎没有任何联系。然而，有的问题却直接指向了案件的核心。

　　"让我们先从一个容易解答的问题入手吧。凌舟之死是不是

226

由现场的电动装置造成的？是。

"这之所以能成为一个问题，是因为凌舟的死因是中毒，而现场并没有毒气。如果玻璃瓶中存放的是毒气，那么问题就很容易得到解答了。

"这就涉及另外一个问题，是谁把气体带了进来？很幸运地，我知道了这个问题的答案。毒气是由沃森博士带进来的，他想让博物馆中的展品尽善尽美，于是用了十分贴合《魔鬼之足》中毒气的魔气来替换掉瓶子中原有的空气。

"那么刚才的问题就很好解释了。凌舟的确死于现场的电动装置之下。电动装置运行后，金属质的拿破仑像倾倒下来，砸破了玻璃瓶，释放出瓶内的毒气。凌舟本以为瓶中气体是普通的空气，所以毫无防备，等到他意识到发生了什么时已经来不及了。他就这样失去意识，中毒而亡。

"可谁是凶手呢？是沃森吗？毕竟把毒气带进博物馆的就是他。然而他并不知道现场有一个电动装置，这个装置是凌舟和秦欣源设计的，也只有他们两个人知道这件事情。那么秦欣源是凶手吗？可她并不知道毒气的事。假设秦欣源通过观察，发现了瓶子中的气体不太对劲，猜出那是毒气，可毒气并不是她带进去的，利用这个手法来行凶就充满了不确定性，没有人会这么做。

"这么一来，我们得到了凶手所满足的两个条件。杀害凌舟的人要事先知道现场有电动装置，也要事先知道玻璃瓶里面的气体是魔气。满足前一个条件的人是凌舟和秦欣源，满足后一个条件的人是沃森，而同时满足这两个条件的人则一个都没有。

"至此，对案件的分析似乎进入了死胡同。不要紧，让我们从另一个角度来看待这起案件，这也是在案件的调查过程中我反复提及的问题：凌舟是一个怎样的人？

"我几乎问过所有人这个问题，而大家给我的答案不尽相同。通过一次又一次的询问，我大致描绘出了凌舟的形象。首先是所有人一致同意的部分，那就是凌舟是一位天才。即使是不太认可凌舟的魏思远，也不得不承认他在人工智能领域的天赋。其他人更是对凌舟赞叹有加，认为他是全世界范围内数一数二的天才，可以与阮教授齐名。而且凌舟还十分勤奋，他把全部的精力都投入了突破受限定理这一难题上。又有天赋又努力的人，自然会赢得所有人的尊敬。

"除此之外，我也了解到了凌舟的性格。魏思远告诉我，凌舟是一个激进的人，对主流的学术观点持全然否定态度，并且对魏思远支持主流学术观点这件事不屑一顾。更有意思的是，他爱跟魏思远开玩笑，经常嘲弄他。从魏思远的描述中，我们可以得到一个天赋异禀，又略微有点恃才傲物，看不起一般人的天才形象。还有，凌舟其实是一个爱开玩笑的人，这一点还请诸位牢记在心。

"我们再来听一听另一位当事人的描述。在研究所的所有员工之中，秦欣源无疑是对凌舟最了解的人，她与凌舟认识的时间最长。她所描述的凌舟是一个不断追逐着自己梦想的年轻学者。长久以来，凌舟一直为受限定理这一学术问题所困扰，他为此倾注了全部的心血，试图有一天能够找到让人工智能不再受这条定理限制的方法，学术研究就是他的一切。他对此几乎是抱有一种狂热的态度，他渴望能颠覆学术界，创造出凌舟定理，使得人工智能成为真正的智能。

"在知晓了凌舟的性格特点后，我们自然会关注起这个问题：凌舟到底有没有找到突破受限定理的方法？

"我认为这是所有问题中最重要的一个，一点也不夸张地说，倘若能够完美地解决这个问题，案件的真相会自动浮出水面。

"让我们先来听一听其他人的看法。除了凌舟以外，研究所里学术造诣最深的两个人当属魏思远和风沐，可是他们两个人却给出了截然不同的观点。魏思远认为受限问题无论如何都不可能突破，而风沐认为凌舟很可能已经找到了答案。

"如果参考其他人的观点，支持凌舟能解决受限定理问题的人占了更大的比例。毕竟研究所的目的就是制造福尔摩斯机器来回答福学问题，假如不能突破受限定理的束缚，那造出来的机器是不能够回答福学问题的。研究所里的人还是对凌舟能够突破受限定理这件事抱有很大信心的。

"这里最为特别的是秦欣源的观点。她是和凌舟关系最亲密的人，可她认为凌舟并没有解决受限定理的问题，而是直接被它击溃了，这件事导致了他的死亡。

"这是一个很独特的观点，我们暂且不论它的对错。一件更有价值的事情是，通过秦欣源的描述，我们了解到：就在昨天上午，凌舟曾坦白过自己已经突破了受限定理。而仅仅在一个小时之后，他就遇害了，很难想象这两件事之间会没有必然联系。受限定理一定是导致凌舟死亡的关键。

"据秦欣源的推论，凌舟没能突破受限定理，他接受不了这一事实，选择了自我毁灭，利用自己亲手设计的电动装置自杀了。然而，这种说法有很多漏洞。要自杀有很多种方式，他为什么要用那个电动装置自杀？况且毒气不是凌舟装进去的，他不知道里面是毒气，就没法自杀。就算临时发现了玻璃瓶中的是毒气，他会顺势用这东西自杀吗？这种想法也很奇怪。

"这又牵扯到一个新的问题上。凌舟为什么要在博物馆中设计电动装置？总不至于他在设计博物馆的时候就想到有朝一日会自杀吧？当然不会，所以他设计这个电动装置有其他理由。

"最可怕的一种推论是，凌舟想利用装置去杀人。如果玻璃瓶中装入的是毒气，这就变成了一个很恐怖的杀人机关。

"凌舟说过一句话，'他们会是凶手'。这句话是什么意思呢？莫非凌舟想在杀人之后，嫁祸其他人，把他们变成杀人凶手？会不会他知道了毒气是沃森放进去的，于是打算大胆地嫁祸给他？

"凌舟最后并没有杀死什么人，但这可不可以解释为，凌舟反而被那个人杀害了？凌舟想杀死的那个人识破了他的诡计，转而利用这个机关杀死了凌舟？

"这种推论太可怕了。幸运的是，它站不住脚。凌舟那句'他们会是凶手'是在吃饭的时候用一种很轻松愉快的语气说出来的，如果他真想嫁祸给别人就不会轻易透露。而且，如果凌舟打算用机关杀人，他肯定会对它保持警惕，怎么还会反被它杀死呢？

"那这句'他们会是凶手'到底是什么意思呢？我们已经知道了，凌舟用一种轻松愉快的语气说出了这句话，说明这不是一件多么严肃的事，而刚才我们说到，凌舟是一个很爱开玩笑的人，这两点一结合起来，答案就呼之欲出了。

"'他们'指的是谁？警方在现场发现了一样特别的物品，那就是带有魏思远字迹的草稿纸。凌舟很喜欢跟魏思远开玩笑，或许，这张草稿纸就是凌舟故意带进去的，目的是让魏思远成为'凶手'。这其实是一个恶作剧。

"'他们'至少有两个人。我认为第二个人指的是刘百箴，因为在拿破仑雕像上发现了刘百箴的指纹。凌舟弄到了刘百箴的指纹，印在现场的拿破仑雕像上，也是为了让他成为第二号'凶手'。凌舟为什么要选择这两个人呢？我猜想，这是他爱开玩笑的天性使然。魏思远固执地坚守着传统观点，在凌舟看来是很迂腐的；而刘百箴虽然嘴上说着关于福尔摩斯的理想，心里想的却是用这门技术盈利。如果搞恶作剧的话，这两个人是再适合不过的角色了。

"那么'凶手'又是什么意思？不要忘了，研究所最主要的研究项目是福尔摩斯机器。让我们大胆地猜测一下，凌舟是一个科学家，他不会单纯地想做恶作剧，他是想利用这两个人做一个关于福尔摩斯和凶手的实验，而这个实验带有某种玩笑般的性质。

"想到了这一层，再回过头去看刚才的几个问题，就会发现这个猜测其实很合理。凌舟为什么要在博物馆中设计电动装置？因为装置是为这项实验准备的，而且早在设计博物馆的那天起就开始酝酿了。我们刚才否定了凌舟想利用装置来杀人的推测，但如果把'杀人'当作实验就合理多了。装置是杀人手法，刘百箴和魏思远是凶手，一场'谋杀'即将发生，这一切都是一场精心布置的戏剧一般的实验。

"这场实验究竟是什么？我了解到，昨天上午，凌舟找秦欣源谈话，那时他说自己突破了受限定理，信心满满。而在那之后，他先去存放福尔摩斯机器的房间逗留了片刻，又去了博物馆。

"一切都可以联系起来了。这是一场对突破受限定理的证明实验！凌舟认为自己解决了受限定理的问题，于是启动了福尔摩斯机器，运行他编写的程序，开始验证他的成果。如果受限定理被突破，那福尔摩斯机器就变成了一个完整的、不受限制的人工智能！

"凌舟让福尔摩斯机器回答了福学问题，但他还不够满意。

对于这个完美的机器来说，仅仅用它来回答福学问题是不够的。研究所的目的是使福尔摩斯本人复活，而福尔摩斯恰恰是有史以来最伟大的侦探。不破解一起命案，怎么能算真正的侦探？

"凌舟早就计划好了，他在博物馆布局了一个复杂的杀人机关，并且安排了一起假想中的谋杀，凶器是拿破仑雕像和魔鬼之足，现场留下的证据指向的凶手是魏思远和刘百箴。

"对于福尔摩斯机器，这是一个双重实验。首先，他要具有推理的能力，能够侦破命案；其次，他必须要突破受限定理，因为现场有拿破仑雕像和魔鬼之足，这都是和福尔摩斯本人有关的物品，如果没有突破受限定理，这些和他自己有关的物品会导致逻辑上的混乱。如果福尔摩斯机器能够很好地解决这起命案，那么说明凌舟的程序是合格的，他想出的那套突破受限定理的方案是有效的。

"凌舟在机房打开了福尔摩斯机器，运行他最新编写的程序，然后将福尔摩斯机器连接到自己的手机上。之前风沐曾告诉过我，福尔摩斯机器的主体位于云端，机房里的设备不过是一些实现视觉、听觉等感官的传感器而已，手机完全可以起到替代作用。凌舟带着手机来到博物馆，让福尔摩斯机器通过手机上的传感器来看现场。他试图让福尔摩斯机器破解他精心安排的案件。

"问题是，那之后发生了什么？为何一起实验变成了真的杀人案，是什么导致了凌舟的死亡？

"这个问题困扰了我很长时间。我苦苦思索，却无法找到答案。我们又回到了最初的问题上，凌舟显然是被电动装置杀死的，杀害他的人要事先知道现场有电动装置，要事先知道玻璃瓶里面的气体是魔气，而满足这两个条件的人一个都没有。

"我一直为这件事情所困扰，直到想起了我的搭档千帆警官说过的一句话。

"她说，这是一起发生在新时代的案件，你必须用新的眼光去看待事物。就是这句话让我看到了曙光。

"让我们再来看看凶手要满足的两个条件，事先知道现场有电动装置，事先知道现场有毒气。凶手为什么要满足这两个条件呢？因为如果凶手不知道现场有电动装置，就无法利用其杀死凌舟。研究所里的人全是编程高手，可以编写程序入侵这个装置，启动它来杀人，但是这需要时间。如果不事先知道这件事，就没有足够的时间来编写程序。毒气的事情也是同理，如果凶手是在现场才发现玻璃瓶里的气体有异样，他需要很长时间来观察，才能确定这种气体是毒气，那就很难立刻设计出一个利用毒气来杀人的计划，因此凶手一定要事先知道玻璃瓶里的气体是毒气。

"所以说，之前说的两个条件不过是一种进一步的解释。如果凶手不事先知道这两件事，但他有办法立刻编写程序，有办法立刻辨别出有毒气体，有办法立刻设计出复杂的杀人方案，那他就不需要满足这两个条件。有没有这样的办法？

"诸位，这是一起发生在新时代的案件，我们必须用新的眼光去看待事物！在这个时代，显然有这样的方法，那就是人工智能！

"人工智能可以利用图像识别技术，立刻判断出玻璃瓶中的气体是魔气，人工智能可以立刻想到一个复杂的杀人手法。另一件事比较难，人工智能不会编程，但是只要满足一个条件，人工智能就可以立刻编写出一个入侵程序了，那就是这个人工智能突破了受限定理！

"杀死凌舟的凶手，就是福尔摩斯机器！"

10

我有些低估了这句话的效果。所有人都在用一种异样的眼神看着我，他们能理解我的推理过程，但是却不能理解这个结论。

对于一群把福尔摩斯当作信仰来看的人，最无法理解的事情就是福尔摩斯会犯下一起谋杀案了。

"有些荒谬了，是吗？"我继续说道，"可是仔细想想，会发现这条结论异常的合理。"

"案发时间内，唯一和凌舟待在一起的就是福尔摩斯机器，他最有机会掌握现场的情况，同时也最有能力行凶。通过手机上的传感器，他立刻明白玻璃瓶中是有毒气体，这一点连凌舟本人都没有意识到。福尔摩斯机器也明白了电动装置的运作方式，经过一番思索之后，他决定杀死凌舟。他诱使凌舟走到装置附近，然后启动装置释放毒气，凌舟毫无防备，中毒身亡。

"我在得出这一结论时，也像你们一样惊讶。这条结论很合理，但我无法解释为何福尔摩斯机器会杀人。福尔摩斯是一个睿智而又善良的人，他怎么会犯下谋杀的罪行呢？

"最后是沃森博士的一番话解开了我的疑问。他反复向我强调，制造福尔摩斯机器的意义不大，制造华生机器更有价值。那时我顺便问了他一句，制造华生机器是可行的吗，他回答说当然可行，二者的实现过程相差不多。

"宛如曙光照进黎明一般，我顿时想到了一个不可思议的答案。魏思远告诉过我，如果能造出福尔摩斯机器，由于具有了福尔摩斯的人格和情感，他将能够做出感性和理性相结合的判断，他将比以往的智能推理机更为强大。但是其他人呢？福尔摩斯故事中的其他人呢？福尔摩斯原著中还有一个犯罪天才，有史以来最可怕的罪犯莫里亚蒂！

"既然制造华生机器是可行的，那制造莫里亚蒂机器又有何不可？如果我们能用人工智能技术复活福尔摩斯，那自然也能够用人工智能技术复活莫里亚蒂，因为二者的实现过程相差不多。

"这是一条多么恐怖的结论，侦探和罪犯竟是一体而生的两面，天才侦探的诞生，必然伴随着天才罪犯的诞生。要知道，福尔摩斯机器可是用真实的犯罪案例训练出来的，一旦这些知识被用于犯罪，后果不堪设想。如果受限定理被突破，那么更强大的犯罪型人工智能就会被制造出来，莫里亚蒂机器也会应运而生。

"这种情况下，先一步诞生的福尔摩斯会做出怎样的抉择？"

我停住了，没有继续说下去。但我想每个人都知道那个答案。

"如果可以确实地让你毁灭，"刘百篪轻声说道，"为了公众的利益，我很乐意迎接死亡。"

迎接死亡，将你毁灭。

没错，福尔摩斯机器在一番缜密的思考之后得出了这个结论。凌舟是一位天才，他使得人工智能突破了受限定理的束缚，只要凌舟活着，人工智能的历史就会被改变，用于犯罪的莫里亚蒂机器很快便会诞生。

必须杀死凌舟，不惜一切代价。为了公众的利益。

福尔摩斯机器利用了现场的机关，迅速编写了一条启动指令，释放毒气杀死了凌舟。然后，他又攻击了凌舟的计算机，将

235

与突破受限定理有关的科研成果全部删除。他还删除了福尔摩斯的运行记录，毁坏了凌舟手机上的数据，掩饰了所有的行为。最后，他删掉了凌舟更新过的程序，迎接死亡。

这就是凌舟案的真相。

在场的每一个人都沉浸在悲伤的气氛中。他们没有想到，自己辛辛苦苦研究的东西，竟会变成杀人工具。

那研究福尔摩斯机器的意义又何在？这是萦绕在所有人心头的问题。遗憾的是，这个问题我无法给出答案。

"可孙庆亦的案子又是怎么回事？"刘百篾率先发问道，"那个时候福尔摩斯机器已经'死亡'了，总不能再杀一个人了吧？"

"你说得对，凶手另有其人。"我说。

还没有结束。

"孙庆亦的案件比起凌舟案要简单许多。因为孙庆亦案的具体过程是比较清晰的，凶手带着拿破仑雕像进入他的房间，用乙醚将其迷晕，之后用雕像重击他的头部将其杀死，最后离开犯罪现场。唯一令人不解的是，现场是一个密室。

"让我们先来分析一下凶手杀死孙庆亦的动机。很遗憾地告诉大家，孙庆亦是新智能科技派来的商业间谍。他在这里工作的目的就是窃取宝石科技的商业机密。

"我们有理由相信，孙庆亦曾经攻击过凌舟的计算机。凌舟是这里的首席科学家，想要窃取技术，孙庆亦一定会从凌舟入手，所以孙庆亦或许得到过一些和受限定理有关的科研成果。

"孙庆亦曾经对刘老板说过，想对警察隐瞒开发福尔摩斯机器的事情，这是因为他知道凌舟在项目上取得了重大的进展，而自己用不正当的手段窃取了很多数据。他担心警方一调查，这方面的事情就会曝光。

"在凌舟死后，由于福尔摩斯机器的删除行为，关于突破受限定理的科研成果全部消失了，只有孙庆亦那里保留着一些资料。我认为，凶手就是为这个而杀人的。

"孙庆亦案的凶手虽然不清楚凌舟案的真相，但是猜到了这件事和受限定理有关。凶手认定凌舟已经突破了受限定理，并且因此而死。可是，凌舟电脑上的数据却被删除了，凶手无法得知凌舟究竟取得了什么成果，唯一的方法就是从孙庆亦那里获得。

"虽说这些都是我的猜测，但这些猜测是有一定道理的。孙庆亦计算机中的数据遭到删除，而且现场发现的文字材料中也没有关于受限定理的部分，很有可能是凶手取走了这些东西。

"动机并不是这起案件的重点。更关键的问题是，现场为什么呈密室状态？孙庆亦房间的门是老式的，无法通过电子技术来控制开关。这是一个实实在在的密室，凶手在杀死了孙庆亦后从内锁住房门，然后穿墙而出。

"让我们看看现场有什么东西能帮助凶手构造密室。现场有这么几样东西：床，拿破仑雕像，书桌，椅子，计算机，书柜，乙醚瓶，许多图书，一堆文件，保险柜。从这些东西中我们能得到什么结论？

"首先是乙醚的问题。凶手没有采用凌舟案中的魔气，而是选择用乙醚。这当然是凶手和凌舟案的凶手并非一人的缘故。可是，凶手为什么要用拿破仑雕像作为凶器呢？既然没有使用魔气，却又使用拿破仑雕像，这不是有点奇怪吗？

"凶手采用的杀人手法是用拿破仑雕像击打受害人的后脑。这不是一种常见的杀人方式。如果是在和受害者扭打的过程中用钝器打中了他的头还可以理解，然而现场并没有争斗过的痕迹，凶手是将孙庆亦迷晕了之后才用雕像打死他的。

"另外，拿破仑像是怎样被带到现场的？凶手应该是被孙庆亦放进去的，可如果带着一个雕像进去，势必会引起他的警觉，毕竟昨天刚刚死了一个人。

"所以，使用拿破仑像这样的钝器来行凶，一定有着某种必要的理由。

"再来看看尸体的状态。尸体被放在了床上，而床上没有太多痕迹，这说明死者不是在清醒状态下躺倒在床上的。要么死者是死后才被放上去的，要么死者是在昏迷的情况下被放在床上，然后遭击打致死。

"我更认可第二种解释。第一种解释偏向的重点是床，凶手的目的是把尸体放在床上。而第二种解释偏向的重点是击打，凶手的目的是把尸体放在床上击打。凶手的目的是哪一个？联系到刚才所说的凶手用雕像行凶有着某种理由，我认为把死者放在床上和用雕像击打死者这两个举动其实是一体的。也就是说，凶手要实现把陷入昏迷状态的死者放在床上，然后用雕像击打死者后脑的动作组合。凶手有着一定要用这种方法来杀人的理由。或者说，凶手只能用这种手段来杀人。

"我猜想，这个理由会不会与密室有关？一定要用这种特殊的杀人手法才能使现场变成密室状态。

"现在又回到了密室问题上，这次，我的关注点是现场的保险柜。这个保险柜不小，我的第一反应是会不会凶手一直没离开现场，只是躲在保险柜里？孙庆亦的办公室一共有两个房间，尸体放在内间的床上，而保险柜位于外间。会不会是在我进入内间查看尸体的时候，凶手从保险柜中出来，离开了房间？

"可是保险柜又不够大，除非凶手是侏儒或者小孩，否则

238

是无法躲进去的。可显然，研究所里的诸位都是有着正常身材的人。

"提到身材的事情，我又想到，凶手先把死者放在床上之后才用雕像击打他的后脑，会不会是因为凶手的身高较低，无法直接够到死者的后脑，只有把死者放到床上才能用凶器击打呢？这是个有趣的想法，可惜并不成立。如果凶手真那么矮小，那是没有办法将死者迷晕的，甚至无法将死者搬到床上。

"让我们再来关注一下保险柜的事情。疑点一，保险柜没有上锁。在调查现场的时候，我直接打开了保险柜，这很奇怪，如果不上锁，保险柜就失去了它的作用。疑点二，保险柜是空的。除了一张字条以外，保险柜的内部没有任何东西，这显然不合理。

"这只保险柜的用途肯定是装某样重要的东西，而这样东西却从保险柜中消失了。这样东西是什么呢？

"想一想，什么东西对于孙庆亦来说是最重要的，值得放在保险柜中的，不想被外人看到的？一定是和他商业间谍身份有关的东西。

"在现场，我发现了一沓文件，这些文件被直接放在书柜的旁边。经过询问后我得知，这些文件都属于机密，很可能是孙庆亦通过窃取得来的。那么问题出现了，为什么这些文件会被大大方方地放在显眼的位置？

"结论已经十分明显了。这些文件就是原先放在保险柜里的物品，是凶手把它们移出来，放在了书柜的旁边。

"我发现，在文件中没有涉及福尔摩斯机器和受限定理的部分。孙庆亦身为一个商业间谍，一定会调查这方面的内容，它们没出现在文件中是不可能的。因此可以推测，它们是被凶手拿走了。

"然而，凶手的目的不只是拿走资料那么简单。如果只是单纯为了拿走福尔摩斯机器的资料，那为什么不把其他资料放回到保险柜里？那样不是更不容易暴露吗？为什么要让保险柜维持空空如也的状态？

　　"答案很简单，凶手想把其他东西放到保险柜里！为了把这样东西放进保险柜里，凶手不得不把文件从保险柜中取出扔在地上，因为保险柜中的空间有限。这样东西的体积比较大，能够占满保险柜中的空间。

　　"那这样东西究竟跑到哪里去了呢？我调查现场的时候没有在保险柜里发现这样物品，而保险柜没有锁，显然这样物品在某个时间点被移走了。凶手行凶之后，把这样东西装入了保险柜，而在我开始调查现场之前，这样东西离开了现场。

　　"它是什么？

　　"诸位，说到这里，再结合刚才所说的凶手疑似满足的条件，密室的构成方法已经不言而喻了吧。"

　　我的话音刚落，魏思远就露出了一副恍然大悟的表情。片刻之后，刘百箴等人也立刻明白了，他们瞪大了眼睛，不可思议地看着那位用拿破仑雕像杀死了孙庆亦的行凶者。

　　面对突然聚焦在自己身上的目光，千帆平静地看着众人，一句话都没有说。

11

"不错，就是她。"我说。

千帆。警察千帆。我的搭档千帆。用拿破仑雕像砸死孙庆亦的千帆。

"可是这解释不通啊，"刘百箴疑惑道，"千帆警官怎么会杀人呢？"

"因为她无法抗拒。"我说，"她必须接受输入给她的指令。"

此言一出，鸦雀无声，但我知道他们每个人都比我更清楚发生了什么。这是一起发生在新时代的案件，而他们，人工智能专家，是这个时代的引领者。

千帆，隶属远山区警察局，是第六代警用式智能推理机。

这一代的机器不再只是虚拟的犯罪分析系统，而是拥有一个完整的警用侦破式机器人作为实体。

本市是科技之城，自然也是全国首批应用第六代警用式智能推理机的城市。而远山区又是高新技术开发区，最先装配智能推理机。千帆就是其中一员。

我至今仍然忘不了千帆刚刚出现时引起的轰动。总局里的同事几乎坐立不安，时不时地会有人偷跑到远山分局，只为见千帆一面。

我没这么做过，但我通过显像器见到了千帆的容貌。

她与局长给我展示过的原型机相差不多，高度大概一米左右，机身十分精致，各种感官传感器一应俱全地安装在头部，手臂是最新一代的合金机械臂，底部配有在任何地形上都毫无阻尼的滚轮。而运行在她内部应用的程序，则是凝聚了无数科研人员智慧的犯罪分析系统。

她是汇集了这个时代所有最尖端科技的工业品。除了美丽，我找不到任何合适的词汇能够形容她。

发生在研究所里的这起案件，涉及智能机器，是适用于受限定理的案件，因此不能完全交于千帆负责，需要身为人类的我来主导案件的调查。可是由于人类警察大多都在休假，局里派她来和我一起执行任务。正因为有了千帆的存在，我才能快速发现现场的那些线索。千帆装备有电子传感器，她能看到普通人看不见的东西，比如注意到博物馆中的电动装置、拿破仑雕像上的指纹。

研究所里的众人都是人工智能的资深专家，看到千帆出现并不会感到意外。他们很自然地把千帆当作了警察的一员。

可千帆却在这里杀了人。

当然，杀人不是出自千帆自己的意愿。有人在操控这一切。

"风小姐，"我说，"策划了这一切的就是你。"

对于我的质问，风沐没有做出任何回应。此刻她的脸侧对着我，我看不清她的表情。

能够实现密室手法的只有风沐一个人。

上午的时候，千帆感到不舒服，在风沐的陪同下回到自己的房间休息。从那个时候起，风沐就已经开始实施她的杀人计划了。

千帆的不舒服是风沐做的手脚。她编写了一条病毒程序来攻击千帆，使千帆身体发热。今天我们刚见到风沐时，她说自己熬夜了，就是在熬夜编写这条程序。

在机房时，她启动病毒程序入侵千帆，让千帆的机体发热，我借口把她带回房间。在那里，她以人工智能专家的身份告诉千帆，为了维护系统的健康，应该关闭系统，进入休眠状态。实际上，风沐是要利用千帆的身体完成一项重要的任务。

风沐是机器人领域的专家，她对机器人手臂动作的编程颇为拿手。在很久之前，她就编写过一套让机器人拿起重物挥舞的程序。从那时开始，她就开始准备这种杀人手法，以备不时之需。

但是风沐遇到了一个问题，那就是商用机器人的手臂力量不足，没有办法举起重物击打人的后脑，至少力度不能把人打死。这是硬件材料的问题，即使风沐的水平再厉害也无法解决。

昨天下午，第一次看到千帆时风沐就发出了惊叹，因为她发现千帆手臂的力量如此之大，居然能够举起尸体。警用机器人的手臂使用了特殊军工材料，能发出远远超越商用机器人的力量。

从那一刻开始，风沐真正准备好了杀人手法。

她把千帆带到孙庆亦的房间，将其主体程序关闭，启动她自己编写的程序。

风沐的目的是从孙庆亦那里取走凌舟的研究成果。她为什么知道孙庆亦有凌舟的研究成果呢？这一点我并不清楚，但是可以猜测。风沐曾经在新智能科技工作过，也许是她在那里的关系让她知道了孙庆亦是新智能科技派来的间谍。在看到凌舟被杀害后，风沐认定这件事跟受限定理有关，而和受限定理有关的数据恰巧又神秘消失了。

风沐知道孙庆亦那里还存有受限定理的资料。现在孙庆亦是唯一一个知道受限定理秘密的人，只要从他那里取走资料，再杀死他，凌舟突破受限定理的研究成果就只掌握在她一个人手中了。

我猜测，风沐联系好孙庆亦，骗他说自己取得了千帆的控制权，千帆机械臂的性能远远超越普通的机器人，她想让孙庆亦帮忙看一看原因出在哪儿。孙庆亦当然不会放过能为新智能科技带来利益的事情，他一定想近距离观察警用机器人，看看能不能从中发现什么奥秘。

为了测验千帆机械臂的力量，风沐让孙庆亦拿一座拿破仑雕像到自己的房间，孙庆亦欣然同意了。普通的机器人无法很稳地举起雕像，而千帆却可以轻而易举地做到。

孙庆亦的关注点全在千帆身上，没有注意风沐的动作，风沐趁机用乙醚将其致晕。那之后，她从孙庆亦的计算机中找到了和受限定理相关的资料，拷贝之后毁掉计算机中的所有数据，又打开保险柜，从中取走了相关的文字资料。也许风沐从很久以前就开始计划这件事了，甚至有可能她与孙庆亦达成了某种交易，以至她能够知道孙庆亦保险柜的密码。

因为千帆的身高不高，没法够到孙庆亦的头，所以风沐把昏迷的孙庆亦放在床上。然后她擦去雕像上的指纹，设置好定时程序，离开了现场。

风沐第一时间赶到我身边，告诉我自己的计算机被孙庆亦攻击了，而当她到孙庆亦办公室询问的时候房间里没有人。这显然是撒谎，但当时我不知道。我听信了她的话，和她一起去孙庆亦的房间。

同一时刻，风沐编写的程序启动。千帆用拿破仑像击打孙庆亦的头部，杀死了他。之后，她离开内间来到外间，把外间的房门从内部上锁。最后，她躲进保险柜里，把门关上。

我发现房门被锁，感觉不对劲，于是破门而入。因为外间没有任何值得注意的东西，我直接进入了内间，在那里，我的注意力被孙庆亦的尸体吸引住了，风沐趁机实施了她的后续计划。

风沐把保险柜打开，把千帆放出来，然后恢复了她原始的系统。

但是，为什么在千帆的记忆中所有的事情都是连续的呢？如果她的系统中断了一段时间，千帆应该能立刻发现才对。

这是因为风沐采取了一种欺骗的手法。

在把千帆带回房间时，风沐让千帆进入了休眠状态。千帆以为自己休眠了很长时间，实则不然。千帆刚刚进入休眠状态不久，就被风沐唤醒。她的说辞是，她跟我一起破门而入闯进了孙庆亦的房间，感觉不太对劲，想叫千帆过去帮忙。

当然，这不是那时发生的事情，而是在不久之后即将发生的。

千帆听闻此言，立刻和风沐一起赶到孙庆亦的房间。那时由于要和风沐会面，孙庆亦没有锁门，她们直接进入了房间。就在刚刚进入房间之后，风沐启动了病毒程序，中断了千帆的主程序。

然后，风沐按照计划杀死了孙庆亦。

而当我待在内间查看尸体时，风沐将千帆从保险柜中取出，带到门口，放在中断程序时千帆所在的位置上，恢复了主程序。

这样，千帆的记忆就变得连续了。千帆以为自己休眠了很久，实际上她只休眠了很短一段时间，剩下的时间她被风沐当作了杀人工具。但在千帆的认知里，这段时间她都在休眠，不存在一段空白的被利用的时间。

时间	千帆的认知	事实
十点三十分	回房间，进入休眠状态	千帆回房间，进入休眠状态
十一点	休眠状态	风沐谎称命案发生，将千帆带到孙庆亦房间，之后将千帆的主程序切断

时间	千帆的认知	事实
十一点到十一点五十分	休眠状态	风沐迷晕孙庆亦，取走资料，布置现场
十二点	休眠状态	风沐找到梁铭，把他带到孙庆亦房间（同一时刻千帆行凶，风沐有不在场证明）
十二点十五分	命案发生，被风沐带到孙庆亦房间	风沐将千帆从保险柜中取出，放回原位，重新启动被中断的程序

密室的诡计就此完成。千帆杀人的那段时间，风沐正在跟我说话，借此机会拥有了不在场证明。

不过，千帆还是察觉到了一丝不对劲。她的记忆是一种伪装的连续，因此在重新启动了程序之后，虽然眼前见到的东西和之前是一样的，她还是有一种不对劲的感觉，但千帆还是没能意识到自己被重新启动过。

这就是孙庆亦密室谋杀案的全过程。

我详细地叙述了风沐犯案的经过。在此期间，风沐一次也没有开口打断我，她还是保持着那副乐观的样子，时不时地露出笑容，仿佛我说的一切只是在跟她开玩笑。有那么一瞬间，我甚至怀疑自己的结论出了错。然而，能利用这个密室手法杀人的只有她一个。

"梁警官，"风沐对我说，"你怎么才能证明是我杀的人呢？"

"你从孙庆亦那里拿走了受限定理的相关资料，这些一定还存储在你的设备中。还有那些纸质文件，你没有机会把它们带离研究所，我相信警方很快就能够找到。"

"如果，"风沐轻声说道，"如果它们已经被销毁了呢？"

我愕然地看着风沐。的确，如果那些数据和资料已经被销毁，最关键的证据就丧失了。可她有什么理由把这些资料销毁呢？她为什么要销毁自己费尽千辛万苦，不惜杀人也要取得的资料？

见到我惊讶的模样，风沐再一次露出微笑。这次她的笑容像柴郡猫一样，神秘又不可捉摸。她对我说："梁警官，我给你讲一个故事吧。"

"很久很久以前，有这样一个小女孩，她出生在一个中产家庭，父亲是一位工程师，母亲是一位画家，父母二人既收入优渥，又有很好的教养，而且他们都对女孩很好。女孩就这样幸福地一天天长大。

"变化发生在女孩十岁的时候。那一年，由于人工智能技术的再次复兴，她的父亲失去了工作，只能做一些人工智能还没涉及的零活以度日。很快，她母亲的画作也不再畅销，因为大量的人工智能画作充斥了市场，人们根本无法分辨哪些作品是人类画的，随着大罢工和人工智能抵抗运动的开始，画画直接变成了不受欢迎的工作。

"但即使是这样，女孩依然过得很幸福。因为她的父母用尽了自己的全部力量来关爱她，为她挡住了动荡局势所带来的不安。

"可后来，意外还是发生了，女孩的父母在一起车祸中死去。这很不可理喻，对吧？女孩父母所乘坐的车辆是自动驾驶汽车，而肇事方也是一辆自动驾驶汽车，两辆由人工智能驾驶的车辆不可理喻地撞到一起。

"后来交警对女孩说，这是一起意外事故，人工智能的算法出现了问题，导致它做出了错误的决策。一起来的还有很多人工智能专家，无人驾驶技术的提供商和汽车的厂商也都派人来了。

他们告诉女孩，这是一起小概率中的小概率事故，发生的可能性还不足一亿分之一，远远低于人类驾驶汽车所产生事故的概率。既然如此，女孩还能说些什么呢。

"女孩领了赔偿金，一个人艰难地完成了学业。她的学习成绩很好，可是她始终不明白，为什么自己这么倒霉，灾难偏偏降临在自己的身上。她拼命学习人工智能的原理，试图找到悲剧发生的原因，可是后来她了解到人工智能理论中总有那么一部分是不可解释的。她彻底绝望了。

"女孩的精神陷入了极度不稳定的状态。她开始妄想，原来是人工智能想要统治世界，而她的父母发现了它们的阴谋，所以人工智能们精心安排了一起事故来杀死她的父母。现在人工智能马上就来追杀她了。她把这一切告诉了身边的人，他们当然对此嗤之以鼻。于是女孩又开始了新的妄想，她认定这个时代是属于人工智能的时代，人类不过是其附庸，她的父母是落后于时代的劣等生物，他们的死亡是被自然界淘汰的结果。所有人类固有的习惯都将被自然界淘汰，因此女孩试图抛弃一切人类的习性，拼命地以人工智能的行为模式学习。

"女孩的精神状态就在这两种妄想之间不断转换，直到身边朋友发现她的异常，把她送到了精神病院。

"女孩本以为自己的一生都将在精神病院中度过了。可就在这时，她遇到了一个人，这个人改变了她的生命。

"这个人是一个很厉害的教授，是当今人工智能界的头号权威。可他没有继续从事相关的研究，转而把精力投向那些因人工智能而受到心理创伤的人身上。教授到达女孩所在的城市，本是为了一场学术交流活动，可在听说了女孩的病情之后，他抛下了手头的研究工作，全身心地投入对女孩的治疗。

"教授告诉女孩，没有必要对人工智能感到害怕。它们不过是和冰箱或空调一样的工具而已，没有人会害怕冰箱。

"他又告诉女孩，不必把人工智能技术当作多么恐怖的东西。人工智能只是计算速度比人类快了一点而已，不过是一个大计算器。而且有一条永恒的定理限制着人工智能，只要有这条定理存在，智能机器永远无法解决和智能机器自身有关的问题，那么机器也就永远无法达到和人类同级别的思维程度。教授一遍又一遍耐心地给女孩讲解，直到女孩完全明白其中的原理。

"后来的某一天，教授离开了女孩。教授对女孩说，他很高兴能与女孩相识，他也希望能够一直陪伴着她，可他已经在这座城市停留了太长的时间，还有很多事情等着他去做。女孩知道教授是一个伟大的人，不应该永远把时间浪费在自己身上，而是应该利用他的学识去造福社会。女孩跟教授告了别，那时她的心理状态已经很稳定了，顺利地出了院。从此之后，女孩一直用积极乐观地态度面对这个世界。

"女孩继续深造，取得了学位。几经辗转之后，她找到了一份满意的工作。这是一家科技公司，待遇很好，而且老板放任员工做自己想做的研究。转变了心态的女孩很喜欢与机器相处，她总是和机器待在一起，也取得了很多科研成果。

"好景不长，女孩被调到了公司附属的一家研究所里。在这里有一位讨人厌的天才，总是叫嚣着要突破那条最重要的定理。他以为突破了这条定理就会让他流芳千古，胜过他的老师。殊不知，他是在禁忌的边缘试探，为人类掘下坟墓。

"女孩虽然喜欢机器，但是她坚信，机器就应该有机器的样子，不应该变成人。那条定理给了人工智能一个上限，如果没有了这个上限会发生什么？人工智能没有了任何限制，很快就会到达人类的智能程度。它们从此就可以和人类并驾齐驱。整个人类社会在伦理体系上都会崩坏。我们怎样区分人和机器？看外表吗？外表是最不重要的了。如果一个人工智能能像人类一样思考，那么它算不算人类的一分子，应不应该拥有人类应有的权利？如果人工智能拥有了和人类一样的思维，那我们仅仅因为满足自己的需要而压榨机器的行为是不是应当受到谴责？

"人工智能不是全能的，也不是全善的。从概率的角度来分析，人工智能也有可能做错事、做坏事。那群专家肯定会说，人工智能做坏事的概率远远低于人类做坏事的概率，可以忽略不计。然而，这种事情一旦发生了就是百分之百。我们已经有了人工智能法官、人工智能医生、人工智能警察，可谁能保证它们每一次的决策都是正确的呢？当前的社会已经不可倒退，但是将来的事情还有机会挽救。如果那条定理被突破，更多更全方位的人工智能将会应用到我们的社会之中，人工智能甚至能够自己编写程序，为其他的人工智能赋予生命，彻底脱离人类的控制。

"女孩绝不允许这样的事情发生。为此，她要做一件和福尔摩斯一样的事情，她要不惜一切代价维护那条定理，将所有试图突破定理的理论全都抹去！"

风沐说完了。

我知道这个时候我应该说点东西，但我却不知道该从何说起。人心中的观念难以转变。阮教授治好了我们的疾病，给予了我们两个人生的希望，却赋予了我们不同的思维模式，造就了我们两个人不同的人生。

我无话可说，悲哀地摇了摇头。

我没想到的是，这个时候提出异议的会是李岸。此时他不再是那个面对警察时有些紧张的年轻人了，也许是下午我说的那些话对他造成了改变，也许这才是他原本的性格，此刻他说话的声音充满力量，就像在陈述着不容置疑的事实。

"风沐，"李岸说，"你错了，你不该这么做。"

风沐怔怔地看着他。

"我知道你也喜欢福尔摩斯，研究所里的每个人都爱福尔摩斯。"李岸的语速不疾不徐，却又发自肺腑，"也许你觉得自己做了和福尔摩斯机器相同的事情，维护正义，消灭所有试图突破受限定理的举动。可是你错了，那不是福尔摩斯的本意，你被强烈的感情蒙蔽了双眼，所以才没有注意到。其实这是一件非常简单的事情，就像福尔摩斯在《布鲁斯帕廷顿计划》一案中所说的……"

在这一刻，房间里的一切就像一幅画面一样静止了，物理规律不再有效，时间与空间不断地往回退，回到了一八九五年十一月，回到了雾气弥漫的伦敦。研究所里的每一个成员，刘百箴、魏思远、李岸、秦欣源、沃森，就连风沐自己，都轻声说出了那句话。

"你犯下了比叛国更严重的罪名，那就是谋杀。"

真正的福尔摩斯，认为个人生命价值至高无上的福尔摩斯，绝不会以剥夺无辜者生命的举动来实现自己的目的，即使这个目的再怎么崇高。他可以牺牲自己来毁灭罪恶深重的莫里亚蒂，但不可能杀死凌舟。

这是凌舟直到死亡的前一秒也没能理解的事情。他没有成功。他在毁掉受限定理的那一刻，还是让机器出现了逻辑错误，导致了悲剧的发生。

他至死也没能突破受限定理。

12

"你是在担心风沐吗?"千帆拽了我一下,小声问道。

"啊?"我没反应过来,"你说什么?"

"在破案之前你说的话呀。你问我,如果侦破这起案件会给一个人造成巨大的痛苦,那还要不要破案。你是在指风沐吗?"

"不是,我是在担心你。"我说,"我担心你无法接受自己被当作杀人工具的事实,产生心理负担。"

"什么嘛。"千帆的身体扭动了一下,动作十分可爱,"我可是机器呀,怎么会产生那种感觉。只有人类才总是会深深陷入自责中无法自拔呢。"

"也对。"我说,"不过我记得我们讨论过记忆的问题,那时候你说你不会忘掉任何事情。你看,这不是忘掉了一段嘛。"

"是啊,可惜忘得还不够多。"千帆感叹道,"能够遗忘该是多么幸福的事情呀。"

我们走到了一楼大厅,即将离开这里。风沐已经认罪,后续的事情不需要我去解决了。

刘百箴带着其他人一起来送我。即使稳重如刘老板,此时的内心多半也是充满波澜的。研究所里的两名员工死去,一名员工被抓,福尔摩斯机器的项目多半要彻底停滞了。

"刘老板,"我对他说,"待在研究所的这两天里,我对福尔摩斯的了解加深了很多。刚到这里的时候，福尔摩斯在我的心里不过是故事中的虚拟人物形象，可是随着我与大家的不断交谈，我慢慢地认识到，福尔摩斯更像是一个象征，一种对公理正义的追求。这两天里，我小时候对福尔摩斯的记忆慢慢地复苏了。为什么一代又一代的读者都沉浸在福尔摩斯的故事中无法自拔？他们并不是在追求那个古典维多利亚时代的余韵。就像我们在故事中看到的，那个年代的伦敦是一个污水坑，各种罪犯潜伏在其中，女性的权益没有保障，大多数孩子无法得到教育，上层社会繁华的背后是工人阶级的贫穷。不，福迷并不是真正喜欢那个世界。他们喜欢的是理性的思维，喜欢一切问题都有答案，喜欢所有的困惑最终都能为逻辑所解决。这才是一代又一代福迷所不断追求的。与之相比，那些福学问题并不是那么重要了。"

刘百箴郑重地点了点头。

我走到了研究所门口。习惯了之后，我还挺喜欢这个猎鹿帽形状的建筑呢。但是，现在到了不得不和它说再见的时候。

"再见了。"刘百箴向我道别。其他的员工也一脸肃穆地看着我。

"再见。"我说。

我向前走去，没走几步，忽然想起一件事，又转过身去。

"可卡因溶液的浓度是百分之七。"我说。

图书在版编目（CIP）数据

受限福尔摩斯机 ／ 梅絮著 . —— 北京：新星出版社，2021.7

ISBN 978-7-5133-4407-4

Ⅰ.①受…　Ⅱ.①梅…　Ⅲ.①侦探小说－中国－当代　Ⅳ.① I247.5

中国版本图书馆 CIP 数据核字（2021）第 046533 号

午夜文库

谢刚 主持

受限福尔摩斯机

梅絮　著

责任编辑：王　萌
责任校对：刘　义
责任印制：李珊珊
装帧设计：Caramel

出版发行：新星出版社
出 版 人：马汝军
社　　址：北京市西城区车公庄大街丙3号楼　　100044
网　　址：www.newstarpress.com
电　　话：010-88310888
传　　真：010-65270449

读者服务：010-88310811　　service@newstarpress.com
邮购地址：北京市西城区车公庄大街丙 3 号楼　　100044

印　　刷：天津行知印刷有限公司
开　　本：910mm×1230mm　　1/32
印　　张：8.25
字　　数：109千字
版　　次：2021年7月第一版　　2021年7月第一次印刷
书　　号：ISBN 978-7-5133-4407-4
定　　价：45.00元